U0736032

本色文丛·柳鸣九 主编

青灯有味忆儿时

——王春瑜散文随笔精选

王春瑜／著

海天出版社（中国·深圳）

图书在版编目（CIP）数据

青灯有味忆儿时：王春瑜散文随笔精选 / 王春瑜著；柳鸣九主编.
—深圳：海天出版社，2014.8
（本色文丛）
ISBN 978-7-5507-1058-0

Ⅰ.①青… Ⅱ.①王… ②柳… Ⅲ.①散文集－中国－当代
Ⅳ.①I267

中国版本图书馆CIP数据核字（2014）第079426号

青灯有味忆儿时
QINGDENGYOUWEIYIERSHI

深圳出版发行集团
海天出版社

出 品 人　陈新亮
责任编辑　林星海　梁　萍
责任技编　蔡梅琴
装帧设计　Smart 深圳斯迈德设计 0755-83144228

出版发行　海天出版社
地　　址　深圳市彩田南路海天大厦（518033）
网　　址　www.htph.com.cn
订购电话　0755-83460293（批发）0755-83460397（邮购）
印　　刷　深圳市华信图文印务有限公司
开　　本　787mm × 1092mm　1/32
印　　张　7.5
字　　数　120千
版　　次　2014年8月第1版
印　　次　2014年8月第1次
定　　价　28.00元

海天版图书版权所有，侵权必究。
海天版图书凡有印装质量问题，请随时向承印厂调换。

　　王春瑜，生于苏州桃花坞尚义桥，长于盐城建湖水乡；既是江南人，也是江北人。在沪、京各生活了25年，既是南人，也是北人。手捧明朝饭碗，又盯着杂文；既喜史，也喜文。正是：古今两处觅食者，一个南腔北调人。舞文弄墨几十载，化作油盐酱醋茶。日暮乡关惊岁晚，老牛堂中且耕耘。茫茫书海千重浪，再听风雨雷电鸣。

总序一

深圳市海天出版社似乎颇有点"散文随笔情结",前几年,他们请季羡林先生主编了一套"当代中国散文八大家"丛书,效果甚好。于是,他们再接再厉,又策划出新的书系"世界散文八大家"。可惜此时季老先生已经仙逝,他们只好退而求其次,请柳某出面张罗。此"世界散文八大家",召集实不易,漂洋过海,总算陆续抵岸。接着,海天出版社又策划了一套新的文丛,以现今健在的著名文化人的散文随笔为内容。大概是因为柳某与海天出版社有过愉快的合作,自己也常写点散文随笔,又身居"人杰地灵"的北京,便于"以文会友",于是,他们又要柳某出面张罗。这便是这套书系产生的来由。

什么是散文随笔?前几年,一位被尊为大师的权威人士曾斩钉截铁地谓之为"写身边琐事"。我曾努力去领悟其要义,但就自己有限的文化见识,总觉得这个定义似乎不大靠谱。就"身边"而言,散文随笔的确多写与自己有关的人或事,但远离自己的人与事入文而成经典散文者实不胜枚举;就"琐事"而言,散文随笔写人写事的确讲究具体而入微,见微知著,以小见大。但以经国大业、社稷宏观、高妙艺文、深奥哲理为内容的名篇也常见于史册。不难看出，对于散文随笔而言，"题材不是问题"，任何事物皆可入散文，凡心智所能触及的范围与对象，无一不可成就散文也。故此，窃以为个人心智倒是散文的核心成分。

那么，究竟何谓散文呢？散文的基本要素究竟是什么呢？如果用定义式的语言来说，散文就是自我心智以比较坦直的方式呈现于一定文学形式中，而自我心智者，或为较隽永深刻的自我知性，或为较深切真挚的自我感情。说白了，如果是思想见解，当非人云亦云，而多少要有点独特性，多少要有点嚼头与回味；如果是情感心绪，那就必须是真实的、自然的、本色的、率性的，而要少一些矫饰，少一些虚假，少一些夸张。是的，尽可能少一些，如果不能完全杜绝的话。诗歌中常有的那种提升的、强化的、扩大的感情似乎不宜入散文，还是让它得其所哉，待在诗歌里吧。

至于"一定的语言文学形式"，不外意味着两点，一是非韵文的，这是散文有别于诗歌的最明显的标志；二是要有一定的修饰技巧，一定的艺术化，这则是散文随笔不同于公文告示、法律条文、科普说明以及各种"大白话"的重要标志。

这便是我所理解的散文随笔。我在自己的学术专业之外也经常写一些散文随笔，就是按照自己以上的理解来"炮制"的。今天，我被委以主编重任，也是按照自己以上的理解来操作的，至于我在自己的散文随笔中是否完全实践了自己的理念，是否达到自己的理念，在这次主编工作中是否有不合理、不入情的要求与安排，那就很难说了。呜呼，知与行的脱节与矛盾，人的永恒悲剧也。

出版社在策划这个书系的时候，规定约稿对象为当今的文化名家。当今的文化名家种类何其多也：有在荧屏上煽情与讲道的主持人，有靠摆pose与哭功而大富特富的影视大腕，有靠搞笑与搞怪出位的演艺奇才……人人都在写散文随笔，这大有成为当今散文随笔的主旋律之势。但按我个人的理解，这里所讲的文化名家不外是两种人，即具有作家文笔的著名学者与具有学者底蕴的著名作家，这两者的所长正是我对何为散文理解中所谓的"心智"这一大成分。

由于我自己的圈子所限，第一辑的约稿对象全是上述的第一种人，即具有作家文笔的著名学者，而且基本上都是弄西学的学者或游学国外多年的学者，多散发出一点"洋味"的人。

学者写散文似乎有点"不务正业"，有点越界，侵入了文学家地盘。但对于学者来说，特别是对人文学者来说，却完全是性之所致，是一种必然。他本来就有人文关怀、人文视角、人文感情，这种心智状态、心智功能，一触及世间万物，就莫不碰撞出火花。只要有一点舞文弄墨的兴趣、冲动与技能，自然而然就会产生出有点意思的散文随笔了。虽说舞文弄墨也是一种专门技能，需要培养与操练，但对于弄西学的人文学者来说，整天在世界文库里打滚，耳濡目染，这点技能是可以无师自通的。况且，人文学者于散文创作更有自己的优势，毕竟，他的知性是向全人类精神文化领域敞开的，他的目光是向全世界各种事物投射的。其散文随笔的题材，自是更为丰富多样，投射观察的目光自是更为开阔高远。而得益于世界各种精神文化的滋养，其可调配的颜色自是更为丰富多彩：说不定，也许我们这个时代有意思的散文随笔正是出自学者笔下呢，学者散文实不容当代文学史家忽视也……

所以，我有理由相信，这一套"本色文丛"多多少少会给文化读者带来一点不一样的感觉。

柳鸣九

2012年5月于北京

总序二

　　"本色文丛"的缘起，我已经在前序中做了说明。只不过，在受托张罗此事的当时，我只把它当作一笔"一次性的小额订单"：仅此一辑，八种书而已，并无任何后续的念头与扩展膨胀的规划。于是，就近在本学界里找了几位对散文随笔写作颇感兴趣、颇有积累的友人，组成了文丛第一辑共八种。出版后不久，我正沉浸在终结了一项劳务后的愉悦感之际，海天社出我意料之外地又提出了新的要求：要柳某把"本色文丛"继续搞下去，而且不排除"做到一定规模"的可能……看来，我最初的感觉没有错：海天社确有散文情结，不是系于一般散文的"情结"，而是系于"文化散文"的情结。而且，也不仅仅于此一点点"情结"，而是一种意愿，一种志趣，一种谋划，一种努力的方向，一种执着的决断。

　　果然，最近我从海天社那里得到确认，他们要在深圳这块物质财富生产的宝地上，营造出更多的郁郁葱葱的人文绿意，这是海天社近年来特别致力的目标。

　　在物欲横流、急功近利、浮躁成性、人文精神滑落、正能量价值观有时也不免被侧目而视的社会环境中，在低俗文化、恶俗文化、恶搞文化、各种色调的（纯白的、大红色的、金黄色的）作秀文化大行于道、满天飞舞的时尚中，在书店一片倒闭声中，有一家出版社以人文文化积累为目的，颇愿下大力气，从推出"世界散文八大家"丛书再进而打造一套"本色文丛"，这种见识、这份执着、这份勇气是格外令人瞩目的。

海天出版社要的文化散文，不言而喻，即文化人的精神文化产品。关于文化人，我在前序中有过这样的理解：主要是指有作家文笔的学者与有学者底蕴的作家。如果说"本色文丛"第一辑的作者，基本上是前一种人，第二辑则基本上都是第二种人。这样，"本色文丛"总算齐备了文化散文的两种基本的作者类型，有了自己的两个主要的基石，形成了一个初步的平台。

不论这两种类别的人有哪些差别，但都是以关注社会的人文状况与人文课题为业。其不同于以经济民生、科技工艺、权谋为政、运营操作为业者，也不同于穿着文化彩色衣装而在时尚娱乐潮流中的弄潮者，也可以说，这两种人甚至是以关注人文状况与人文课题为生，以靠充当"精神苦役"（巴尔扎克语）出卖气力为生，即俗称的"爬格子者"。他们远离社会权位和财富利益的持有与分配，其存在状态中也较少地掺和着权谋与物质利益的杂质，因而其对社会、人生、人文，对自我、对人生价值也就可能有更为广泛，更为深刻，更为真挚的认知、感受与思考。

在时下这个物质功利主义张扬、人文精神滑落的时代环境中，且提供一些真实的，不掺杂土与沙子的人文感受、人文思考，为我们这个时代留下一份份真情实感的记录，留下一段段心灵原本感受的再现，留下一幅幅人文人生的掠影，这便是"本色文丛"所希望做到的。

柳鸣九

2014年1月于北京

CONTENTS
目 录

辑一

辑三

青灯有味忆儿时

辑一

忆母亲

一

我的母亲姓曹，清光绪二十九年（1903年）农历七月十九日生于建湖县高作镇大墩村。她行三，待字闺中时，外公、外婆叫她三姑娘，嫁给我父亲后，叫她三铺（俗字，义同姑），没有正式的名字。直到1946年土地改革时，母亲已43岁，儿孙满堂，因为土地证上需要有名字，我的大哥王荫这时担任高作区政府文教区员，正忙着搞"土改"，觉得母亲没有正式名字不合时宜，便给她起了个名字：曹效兰。"效"是辈分，我的大舅曹效淦，二舅曹效云，老舅（即小舅）曹效庭。母亲有了自己的正式名字，她很高兴，但又觉得不习惯，不好意思。好在这个名字平时并不使用。这里顺便提及，我的大嫂姓黄，也没有正式名字，也是"土改"时，我大哥给她起名黄立英。她的这个名字，有时倒还用得着，如后来成立农业社、人民公社，社员记工分，就用上这个名字了。大哥在晚年，倒常常当面叫她黄立英，这大概就是"与时俱进"吧。

其实，在我母亲、大嫂那一辈的农妇中，有很多人即使在"土改"后，仍然没有正式的名字，不过是张氏、李氏之类而已。她们默默地在土地上耕作，生儿育女，燃尽生命之灯的最后一滴油后，便像秋风吹走一片落叶，无声无息地消逝。

我的外公叫曹嘉坤，出身木匠世家。起码在方圆20里内，很多人都知道木匠曹家。他手艺出众，但去世较早，大概在1922年。我在童年时，曾听母亲说过，她与我父亲成家后，外公曾来我家，母亲在村中小店买一个铜钱的红糖，放

母亲在摘菜（1959年5月6日晨）

在焦屑（即焦麦面）里，用开水冲泡后，请外公吃，外公吃后非常满意。这在当时乡村的贫苦人家，称得上是待客的上等茶点了。母亲说，外公的木匠活，不但能干粗活，并且挑大梁，如盖房上梁，架风车，造船上大掭（船两侧最关键的一根又粗又大的船板），还会干细活，做八仙桌、木箱、梳妆台、马桶等。

外公死于膈病，即食道癌。外公死后，能继承其优良手艺的是二舅、老舅。母亲曾告诉我，二舅14岁时，个子已经很高，但毕竟还是小把戏（小孩）面孔。有一次有家人家来外婆家，请大舅给他们支风车，大舅不行，二舅便自告奋勇去了。这家当家的见后，说：来这么个小木匠，能行吗？二舅自尊心很强，一听扭头就走，后经好言劝说，才留下干活。他身手矫健，技术精良，当天就把又高又大的风车支起来。当八面由蒲叶制成的帆，在风的吹动下，使风车不停地运转，牵动水槽里的木板，不断将河水运输到稻田里时，田家放起了鞭炮，赞不绝口，夸小木匠本事真大。从二舅的故事里，母亲使我懂得：人，从小就应当有志气，并有真本事。

岁月无声逐逝波。转眼间就已是1947年秋天。"土改"后，不少翻身农民家有余粮，便想经商，搞运输，于是造船成风。远的不说，与我村一河之隔的孙四爹，他的弟弟——

我庄东头的孙五爹，都请了十几个木匠造船。当时我在读小学，放学回家，便去看孙五爹家造船。木匠师傅有20多位，但我二舅、老舅，起了关键作用。我亲眼看到了上大捻的情景，二舅最后要把那块大的船板，使劲推向船体，满脸通红。在把麻丝与油灰用凿子塞进船缝时，需用斧头敲打凿柄，又是我二舅带头敲打，其他木匠师傅跟着敲，并随着他变换节奏，发出悦耳的声音，俨然是现代音乐中的打击乐章。半个多世纪过去了，那扣人心弦、催人奋进的木工乐章，随着二舅、老舅慈祥、亲切的面影，仍在我的眼前浮现，在我的耳畔回响。母亲一直要我像舅舅那样勤劳、有本事，我一直铭记着。尤其是老舅的善良、刚直，更影响我一生。

当然，对我母亲影响最大的人，是外祖母。她姓张，生于清同治九年（1870年），卒于1950年春天。那天全家人——包括我的父母——正在热热闹闹替她老人家过八十大寿，老人含笑而逝，成了真正的喜丧。乡人都说，老人能在庆祝生日那天去世，是很少见的，实在是件喜事，只有积德行善的人，才能有这个福分。外祖母很慈祥，我从记事起，即喜欢跟她在一起，对她及舅舅、舅母十分依恋。

儿时常听母亲说起河西张家，那就是外祖母的娘家，用今天的话说，那里是她的根，也是我的根的重要组成部分。

所谓"河西"是指建湖县与阜宁县交界的一条大河——俗名阿拉河——的西边，靠近公兴庄（镇）的一个独家村。因为常听母亲、外婆说河西张家的故事，我对老外婆的娘家一直心向往之。直到1948年春天，我已虚岁12岁了，外婆的大侄子——我喊他张大舅，托人带信给我父母，说他们家大姑娘出门（嫁人），邀请他俩去吃喜酒。他俩忙于农活，加上无论是婚丧喜事，凡是受到亲友的邀请，母亲总是让我或二兄春才去，吃顿好饭。当时农村的宴席，简称六大碗，即羹、肉圆、红烧肉、鱼、百页、青菜豆腐。其中肉圆算是六碗中的上品，约定俗成，每人只吃三只。每当遇到这样的事——我的家乡称为"出人情"——母亲总要关照我们：要听大人的话，要喊人——也就是叫长辈，吃饭时要斯文，不能筷子乱夹，尤其吃了三只团子（肉圆）后，不能再吃，免得被人笑话。这次我主动要求去张大舅家"出人情"，母亲说好，给了我一万元（相当于现在的一元），算是人情钱，要我跟外婆的妹夫、与我同村的孙姨公同去。

我们走了20几里路，才走到阿拉河边。不久前，解放军华野第12纵队，与国民党军队打了一仗，河边用门板构筑的掩体，仍历历可数。在河对岸，有高高的碉楼。孙姨公说，那是大户人家防土匪用的，并不是国民党军队修的。我们乘渡船过河，没走多远，就看到了一个大风车。孙姨公说，这是张家的风车，风车前面那个小舍，就是张家。我向舅公、舅奶奶，及表舅、舅妈们一一请了安，他们见我已读高小，个子又高，都夸我一表人才，说三姑奶奶、三姑爹（我的父母）真是好福气。我吃了喜酒，在房前屋后走了一圈，觉得这里地势较高，在阳光下，水田上面倒映着蓝天下一朵朵冉冉逝去的白云，觉得老外婆的娘家真美。我想象老外婆在这里度过童年、少年的情景……啊，那还是大清王朝的时候呢，不管我怎么想象，脑子里总是模模糊糊，甚至是空白一片。

　　然而，此行我觉得收获很大。河西张家世代务农，有着被古老农业文明长流水浇灌出来的农耕文化气氛。张家很重视礼节，客人入席，长幼有序，姨公年高德重，坐主席，但姨公谦让者再，方肯入席，其他人也是彼此谦让，良久才坐下，使我看到了古代乡饮酒礼的遗风。张大舅致词时，先深深打躬长揖，感谢亲友来贺喜。他当过村干部，致词时几次说"因为"、"但是"之类，听者不免感到新奇。老舅公极爱听说书、小唱本，他的小儿子张三舅读过几年私塾，农闲时，读小说、唱本给舅公、舅奶奶等人听，有机会时，他们又把这些故事"批发"给别人。我的外祖母待人和颜悦色，彬彬有礼，很会讲故事，这显然跟她生长在河西娘家那样的文化氛围里是很有关系的。而我母亲堪称是外祖母最好的继承者，不但为人温和、慈祥、爱整洁，而且讲故事很生动，有时还表情丰富。

大墩曹家与河西张家颇有相似之处。因外公去世早，大舅、二舅都未上过学，目不识丁，只有老舅读过几年私塾，再加上他聪敏好学，不仅能经常给外婆、舅母、表兄等读小说、唱本，扮演着河西张三舅一样的角色，而且能写信，文从字顺。20世纪80年代，他给我写过两封信，信封的背面两头，分别写了"封"、"护"两个大字，俨然是清朝、明朝人写的家书，真是古风犹存。这两封信至今我仍保存着，睹物怀人，勾起我对老舅不尽的思念。

回想起来，猫是老虎师傅的童话，是外婆教我的，而孟姜女、白蛇传的故事，是我儿时在炎热的夏夜，母亲在打谷场上，一边摇着麦秆编成的扇子，或挥动着用晒干的稻秧编成的麈尾驱赶着蚊子、牛虻，慢慢讲给我听的——当然还有二哥、大姐等。有时我听着，听着，睡着了，第二天就缠着她再讲。至今我还清楚地记得，1943年盛夏，天气酷热。这年我虚岁7岁，晚上，夜幕低垂（当时没有任何污染，空气清新，数不清的星星，好像就在我们的头顶上眨着眼睛），母亲正在打谷场上给我们讲故事，忽然一道红色的流星从我们头顶上穿过，庄上的维大奶奶，同三奶奶等，都立刻下跪，我大吃一惊，母亲忙说：不要害怕，刚才穿过去的叫"祸殃"，经过的地方都要死人，但年纪大的老人下跪，祸殃就一跪三千里，我们这块（这里）就不会有灾殃了。这大概就是母亲对我关于民俗文化最早的启蒙教育了。

母亲对我说过，她一辈子都不会忘记外婆对她的恩情。她儿时出天花，当时清末的穷乡僻壤，哪有良医良药？面部奇痒难忍，忍不住用手去抓，外婆则一再告诫她，千万抓不得，否则抓破了，就会成为麻脸。外婆并用旧布把她的手包扎起来，喂水喂饭，悉心照料。母亲感激地说：要不是你外婆奶奶把我的手包扎起来，当时我年纪小，肯定会用手在脸上乱抓，那妈妈很可能就是个一脸大麻子的黄脸婆了！

母亲的童年、少年时代，中国还是个女人必需裹小脚的时代。用白土布把两只脚紧紧地缠裹起来。母亲说，两只脚疼得钻心，晚上夜深人静，更疼得撕心裂肺，难以入眠，只好将两只脚不断朝墙上蹬。外婆看到母亲这样痛苦，实在于心不忍，说："算了吧！不裹了！反正你长大了，也是嫁给种田人，脚太小，还不好下地做农活呢。"于是，母亲终于从痛苦中解脱。即使如此，母亲的脚毕竟因裹过，脚趾有些变形，幸亏"解放"得早，毕竟还是大脚，走路、干活，都与常人一样。其实，从这一点上也可充分看出老外婆的开明、宽厚。而我母亲，完全继承了老人家的宝贵品格。

二

我的母亲只活了70岁（虚龄）。她的一生非常勤劳，但不幸的是，她多次遭遇过丧子、丧女之痛。

母亲16岁时，经高作镇西北厢的木匠孙师傅介绍，与父亲王恒祥订婚。母亲曾和我说起当年订婚的情景：在媒人的陪同下，父亲身穿长衫，辫梢上系着红头绳（我一听就禁不住笑了，问道：啊呀，拖根辫子，还扎红头绳，好看吗？母亲微笑着说：好看。）挑着一担礼物（有给母亲的衣服料子、茶食等），往她家走来。她远远地看着父亲，觉得他五官端正，人很精神，只是个子比较矮，还没她高呢（父亲身高大约一米六，母亲身高近一米七），第二年，母亲就和父亲在陆陈庄租邻人陈四文家的两间小屋内结婚了。家乡有从汉唐传下来的结婚闹新房的风俗，"闹新房无大小"，有人简直是胡闹，捉弄甚至侮辱新娘。闹新房时，有人看着她的脚说"新娘子脚太大！"，母亲觉得有点难为情。从此，父母相敬相爱，栉风沐雨，苦度光阴，经历了战争及"文化大革命"的苦难。他俩都一字不识，却含辛茹苦培养我们弟兄三人——春友（参加革命后改名王荫）、春才和我，都成为文化人。对父母的大恩大德，我们是没齿不忘，时刻铭记在心的。

按照民国中期《续写王氏宗谱》记载，我们的老祖宗是朱元璋灭了张士诚后，被朱元璋从阊门外强行迁徙到今建湖县高作镇西北长北滩垦荒的。这"长北"二字，大有来历。今天的建阳镇，在南宋时诞生了千古不朽的民族英雄陆秀夫，按《宋史》和别的史籍记载，当时的建阳镇叫长建乡长建里。因此，长北滩就是长建乡西北的草滩之意。

这里地近黄海，滩地有大量盐碱，长满芦苇。把这样的不毛之地开垦成能种稻、麦两季的熟地，老祖宗们当年的披星戴月、饥寒交迫、辛苦耕作，可想而知。我们的始祖是捃石公，世代务农，传到我祖父凤高公这一代，已很贫穷，家中只有五亩薄田，却育有五男一女。祖母吴氏，民国元年（1912年）即病故，我的六叔恒万尚在幼年。迫于生计，父亲13岁时，即去西北厢一家富农家做小长工，为人佣耕，他学会了用牛。这家的女主人人称金大师娘，会看手相。她有个老姑娘——即最小的女儿，美丽、活泼，20世纪50年代初，曾跟我一起在坟地里放过牛，我们很聊得来，至今成了我少年时美好的回忆——这当然是后话了。

父母结婚的第二年，长兄出世。这时的父亲，因为去年秋天，家乡发大水，庄稼被淹，颗粒无收，加上祖父病故，家境十分艰难，无奈之下，随二伯恒廉、五叔恒全，以及别的族人逃荒到我们老祖宗的老家苏州去谋生。用今天的话说，也就是打工。父亲一字不识，只能干最粗重的活。他抬过轿子，给虎丘山的游人牵毛驴、赶毛驴，后来则长期拉黄包车。母亲生下大哥后，一人操持家务，还要照顾还是小孩的六叔。（1955年，我考取复旦大学后，假期中去苏州探望二伯及六叔一家。六叔深情地说："你父母结婚时，我已丧母，就跟你父母睡在一个床上。老嫂比母啊，你妈妈待我就跟我母亲一样。"因为儿时的这个特殊经历，六叔对我母亲一直念念不忘，很依恋，见了她总有说不完的家常话。）母亲后来接到父亲来信，她抱着大哥，搭船去了苏州，与父亲团聚。虽说是家人团聚，但那是什么样的家啊，不过是搭在阊门一堵城墙下聊避风雨的窝棚而已。奋斗了几年，才好不容易在今天桃花坞街道尚义桥东河岸旁的一块堆满碎烂砖瓦的空地上，用泥土、毛竹、瓦片盖起了三小间低矮的房子，算是有了比窝棚强的安身立命之地。

其实，在我们家路北仅隔一条马路的是"小人堂"——专门放死婴小棺材的地方———到夏天，往往散发出阵阵尸臭。然而，父母就在这里生活了很多年，那里也是我的出生地。20世纪50年代，这个小屋还在，我在故宅门前伫立良久，想起母亲、父亲的辛劳，禁不住潸然泪下。而今，这个旧居早已拆毁。这些年来，我每次去苏州，都坐在尚义桥上沉思，回想着父母在这里度过的艰难岁月，感慨万千。

我所说的艰难岁月，是确如其分的。父亲拉了几年黄包车，收入微薄，后在苏州名医曹沧洲（曾给慈禧太后看过病）家拉包车，收入有所提高，但要养活一家人，父亲的压力，十分沉重，他的背已经驼了。母亲去苏州后，到1937年秋避日寇战火，逃难回建湖的近15年间，先后又生下五男

家父恒祥公40岁生日（1935年）摄于苏州

1967年秋父亲、母亲与晚辈合影。

二女，即春虎、小三、小四、春才、我，以及姐姐王保子，玉宝（后改名淑珍），喂奶、喂饭，把屎把尿，日夜操劳。

保子姐6岁时，被病魔夺去生命。1935年夏，苏州霍乱猖獗，死尸枕藉，7天内三兄、四兄相继死去，他俩仅仅在人间活了5岁、3岁。春虎兄活到6岁，已读小学了，却不幸被疯狗咬伤，救治无效，抽搐三天后，痛苦地死去。含辛茹苦养育的儿女一个个撒手人寰，母亲的眼泪一次又一次地哭干了！春虎的语文读本父母一直保存着，后毁于"文革"。我曾几次看过这本书，封面上有春虎的毛笔字签名，稚拙中透出童真。显然是受了1927年大革命的影响，这课本上有歌颂工农的内容，赞扬"工人拳头大"。后来我上大学后，买到了20世纪30年代孔教会负责人王震编的《历代尊孔记》，书中大骂这本教科书煽惑人心，鼓吹犯上作乱。从此，春虎在我的脑海里，更加挥之不去。他没有留下照片，但我能想象他的面影。

走笔至此，心中不胜苍凉。我过早夭折的三兄一姐，如果生在富贵人家，很可能现在还活着，母亲又岂能空将血泪付东流！虽然他们去世多年，但母亲没有忘记当年失去他们的切肤之痛。我在少年时，常常听母亲说起他们的去世前后的情景，连连摇头叹息。

1949年春天，母亲又遭遇一次使她痛断肝肠的丧女之痛：小妹玲英不幸病逝。那年春天似乎特别阴冷，已经过了清明，仍常有凄风苦雨，我们还穿着冬天的棉袄。妹妹玲英，已经10岁，在大卜舍河东的卜家庄初小读三年级，校长是孙竹老师。她自小聪明伶俐，长相端庄。皮肤虽不白，但大眼睛，鼻梁很挺，口齿清楚，善解人意。她4岁时，就缠着大哥（这时他是蒋王小学的校长）背着她到学校去玩。5
岁时，就要求上学，大哥说她太小，母亲说，这小丫头这么
喜欢读书，就让她去读吧，反正她想去就去，识几个字就算
几个字，也不参加考试，就让她读了玩吧。就这样，她上了
学。当然，她实足年龄才4岁，时间久了，就坐不住，便让她
出去玩，或回家跟母亲在一起。

　　1944年夏天，她得了痢疾，吃不下东西，病了几个月，
瘦得皮包骨头，奄奄一息。所幸后来吃了沈王庄小学老师、
懂医道的刘不麟先生开的中药，才走出死神的阴影。后来，
母亲带她搭民船到苏州探望父亲，住了个把月，回来后，她
特别高兴。她成天玩父亲给她买的一只微型植香木制的小木
鱼，用小木棍击打，发出"笃笃笃"的清脆声响。这时我们已
搬家住在与蒋王庄西一河之隔的孤舍，租了绰号孙五聋子家的
三间草房。门前的牛车篷边，就有一条沟头子（比较宽的水
沟），玲英在沟头边把木鱼放在水上，以为它会飘浮，不料它
立即沉下去，再也见不着。她伤心地哭了好久。岁月悠悠，60
多年过去了，玲英的哭声，仿佛仍在我的耳边抽抽泣泣。

　　在1947年春节的玩文娱（文艺演出）及1948年夏天动员
参军的文艺室宣传活动中，她都参加了乡政府组织的文艺宣
传队，与柏家排行老二的小妹妹，合演打花鼓，边舞蹈边

唱。她扮过小生，手拿小锁锣，也扮小旦，手拿花鼓。她记性很好，唱词背得很熟，演出时不需要大人提词。她每次演出都很认真，吐字清晰，唱到最后一句，都会跳一下，转身，与小柏几乎脸碰脸。母亲非常欣赏她那一跳的动作，认为很亲热、很优美。演出结束后，玲英回到家里，母亲连连夸奖，笑着说："妈妈就喜欢你那一跳！"

1948年夏天特别炎热，宣传队中高作镇上一位姓吕的扮演《小放牛》中牧童的少年，及与我一起演出"打连湘"的家兄春才，都热得中暑，当场晕了过去。玲英这时实足年龄才8岁，满脸淌汗，却从不叫苦叫累，在酷日下跟宣传演出队，走遍全乡一个又一个村庄，在打谷场或麦田里演出，受到乡亲们热烈欢迎。

但是，谁能想到，1949年4月，死神却突然把魔爪向她伸来。有天中午，她放学回家，走路有点跛，母亲问她怎么回事？她说右腿腿根有点疼，母亲还以为是不小心扭伤了，并未在意。中饭后，她仍坚持去上学，可是傍晚放学回家后，我大嫂对她说："小铺（小姑），宝宝（指侄女爱云，后来3岁时不幸患惊风去世）在哭呢，摇一会摇篮怎么样？"玲英痛苦地说："大嫂子，我腿像话（厉害、严重）疼呢，没力气摇了。"她头上冒着冷汗，晚饭也吃不下，身上发烧。父母这才感到问题的严重。

第二天一早，父亲去高作镇上请唯一的私人医生，也是本家堂叔王恒保（后改名王体元）前来诊治。此公做过小学老师，1944年他在蒋王小学教书时，我和春才都是他的学生。他主要是靠自学学会治病，在蒋王小学教书时，他家中就已有药柜和很多中药，供患者治病用。中国传统知识分子向来有亦儒亦医的传统，一边授徒教课，一边悬壶济世，看来恒保叔也是继承了这个传统。当然，他只是个小知识分子，仅仅跟许家桥东的塾师徐孝三先生（此公活到上个世纪50年代才去世，脸色较黑，微麻，近视眼，穿着长衫，有时来我们庄上聊天。庄东头的孙二哥玉堂，也曾经是他的学生。我清楚地记得，他有次拿来几本盐城徐某编的《徐氏类音字典》给我看，说徐某跟他是一家子，并翻开书本，指着徐某的照片，对我说：你看，假山后修竹新草，多高雅！并说他要去盐城拜访徐某。他很喜欢谈盐城掌故，盛赞清末盐城知县的梅花诗写得极好，并当即背出）读过几年私塾，后来去上海，买了一些中、西医的书籍回来自学，无师自通，成为乡村医生。至于医疗水平，可想而知。解放初，他搬家到高作镇后街，开私人诊所，土墙上刷了石灰，写着"中西医内外科"几个大字，未免夸张其事。恒保叔来我家看了玲英的腿，腿跟红肿，他诊断是"离胯疽"，要父亲将大蒜捣烂，敷在患处，又要他用竹篾扎一个喇叭形的筒，糊上纸，将艾点燃，艾烟经过纸筒，直薰患部。

可是，经过这样的治疗后，玲英病情却急转直下，不停地说着胡话。母亲非常担心，与父亲商量后，第二天下午，赶紧请人去湖垛镇，让当时在湖垛镇小学担任教导主任的大哥回来。大哥闻讯，先向镇上的一位医生咨询，买了一贴"消治龙"膏药，当晚走了25里路赶回家。大哥一摸玲英的脑门，烧得烫手，立刻把膏药贴在患处，但无济于事。一个小时后，她呼吸渐弱，进入弥留状态，母亲见状不妙，一边哭，一边喊着"玲英啊，玲英哪"，给她换衣服，女孩生命的本能驱使，给她穿裤子时，她竟然用手极力往上拉，以致手上沾了不少膏药。穿好衣服后，她就在全家人的哭声中，永远告别了泣不成声的母亲、忍不住放声大哭的父亲，以及挚爱她的兄、嫂、姐姐，她抱过、哄过的侄子爱东、侄女爱云……

按照乡俗，父亲把她抱到外间堂屋（进门第一间），地上已铺了一张席子，让她头朝北，躺在席上。母亲给她梳头，扎好两条辫子，我清楚地记得，她的头发浓密，辫子快与肩齐了。农家女孩哪有什么好衣服，她是穿着一身浅红带格子的土布衣服，及母亲给她千针万线纳成鞋底的布鞋走的。父亲似乎不相信她已死去，不时把手伸进她的衣服内，摸摸她的胸口，叹息着说"玲英胸口还是热的"，总希望她的心脏能重新跳动，活过来。其实，父亲不知道，她是发着高烧去世的，遗体不会很快就冰凉。

人已故去，入土为安。第二天天亮，父亲托邻人去曹家，请老舅为她打棺材。老舅进门，摸着玲英的手，叫着她的名字，大哭一场。他用床板为玲英做了一副棺材。中午时分，父亲、大哥将玲英抬进棺内，老舅没想到，她虽然只有10岁，个子已经很高，只能勉强将她放进棺材内。盖上棺材板前，全家人知道，今后再也看不到玲英了，都放声大哭，邻人也都流下了伤心的泪水。按照乡俗，舅舅是不能为外甥女封棺的，否则对舅舅不利。但老舅毫不犹豫地拿起斧头，哭着，为玲英封棺。母亲说，玲英喜欢念书，把课本装在书包里，放在棺内，好让她在阴间继续上学。她喜欢玩铜钱，母亲把20多枚铜钱，放在旧罐头盒内，连同大哥给她买的一个皮球，一起放进棺内。邻人蒋大爷、孙五爷将棺材抬到我家田里靠田埂处，挖土埋下，垒了坟头。

玲英的去世，给母亲沉重打击，她明显地衰老了。玲英还留下一本作文本，一直保存到"文革"被毁。她的毛笔字一丝不苟，作文本很整洁。我曾拿给母亲看，她眼泪哭干了，唯有长叹。这年夏天，母亲曝晒衣服，看到玲英的衣服，特别是她的棉鞋，又不禁叫着"玲英啊，玲英啊"，大哭起来，边哭边说："这双鞋穿了一个冬天，还像新的一样，鞋内一个褐斑都没有啊。"受母亲影响，玲英很爱整洁，从不弄脏衣服。她很节俭，父母、舅舅过年给她的压岁钱，她根本舍不得花，过了年都交给母亲。母亲给她煮个咸鸭蛋，她舍不得一次吃完，居然吃两三天才吃完。玲英的去世，成了母亲也是全家人心头永久的痛。我比她大3岁，少不更事，常与她拌嘴，甚至嫌她不听话，老是到母亲那里告状，说我偷偷下河洗澡。母亲怕我淹死，总要严厉训斥，我迁怒玲英，不但骂过她，还打过她。她去世后，随着我的长大，每念及此，我特别懊悔，也更加怀念她。读高中时，我写过比较长的新诗悼念她，诗稿一直保存着，直到"文革"时被抄走，毁掉。我常常梦见她，还是生前模样，似乎在阴间，小孩子不会长大似的。前年清明节前，我即将动身返乡为父母也为玲英扫墓前夕，忽然梦见玲英与几十个女孩头顶红布，举行集体出嫁仪式。礼堂的墙壁上，点着无数红蜡烛，但烛光微弱，在冷风中幽幽地摇曳着，不见父母和其他家人，也见不到一个新郎，场景凄楚、诡异，我禁不住老泪纵横，直至哭醒。返乡后，我将这个梦境说给大哥听，他百思不得其解，唯有叹息。10多年前，在我的提议下，大哥以我们三位兄长的名义，在玲英已迁至父母坟边的墓前，立了一块碑，刻着她的名字与生卒年。如果她地下有知，当经常偎依在母亲、父亲膝下，共叙天伦。

三

母亲生我养我，我对她的报答，微不足道，特别是随着我步入老年，回首往事，痛感对不起她，我欠她的太多、太多了。

1937年农历四月初清晨，母亲生下我。春才兄仅比我大两岁，母亲既要呵护我，也要照顾他，分外辛苦。不久，随着大上海的沦陷，日寇轰炸苏州，法西斯的铁蹄蹂躏江南，向南京进逼。我家的邻居都是没文化的草民，母亲抱着我离开家门，躲避轰炸时，他们纷纷告诫母亲："抱着小孩怎么行？小孩哇哇一哭，日本鬼子飞行员听见了，朝我们头上扔炸弹，我们全都没得命了！"今天看来，说婴儿的啼哭，日寇飞行员能听见，简直是天方夜谭，但在那"乱离人不及太平犬"的乱哄哄争相逃命的时刻，母亲怎能拗过众人？只好把我放在家中，上面扣了一个木盆，以事保护。等日寇飞机飞走，

王氏兄弟（自左至右）：王春瑜、王荫、王春才。1978年春摄于建湖县文化馆。

母亲赶紧跑回家中，见我仍在熟睡，一颗吊着的心才放下来。

"山河破碎风飘絮"，水深火热是贫民。父亲和母亲商量，兵荒马乱，在苏州没有安全感，生计更加艰难，不如他留下帮曹沧洲医生看守家业（曹家已举家避难乡下），母亲和我们回江北，投奔外祖母。秋天，母亲抱着我，带着大哥、二哥、姐姐，乘逃难民船，踏上归程。有时敌机在上空盘旋，母亲只好抱着我躲到河岸茅草丛里。在外婆家暂时落脚后，曾有一家富户的新生儿缺奶，有人介绍母亲去给这孩子喂奶，当然是给钱的。但母亲拒绝了，说："我的奶水只够春瑜吃，我不能让自己的伢子饿着。"我懂事后，母亲曾跟我说起这件事，我感激她的慈母之爱。

我从虚年4岁开始就记事了。这一年，有两件大事：一是大哥结婚，家中来了很多亲戚，老舅妈还送了我用布缝制的玩具小毛驴，我非常喜欢。大嫂是坐船从蒋王庄后的小河旁靠岸，走进我家新房的。大哥画了好多张三国戏里的董卓、吕布、貂蝉，以及身上爬满小孩的大肚弥勒佛、刘海戏金蝉等画像，裱起来，挂在墙上。次日早上，我走进新房，大嫂已起来，从碗里拿了两个大枣给我吃。当然，我也依稀记得这婚姻的风波：大哥作为知识青年，想反抗这场他还在孩提时就订下的，对大嫂一无所知、毫无感情的婚姻，但无用，激愤之下，他用小刀戳破自己的大腿，血流如注，表示决不结婚。父母请来他在苏州读小学的一名同窗劝说他，无效。父亲终于发了火，用皮带打了他一顿，他万般无奈，只好同意结婚。在这场风波中，母亲除了苦口婆心地劝说，抹眼泪，还能做什么呢？

再一件大事，就是这年秋天，新四军的一个连队，住到我们庄上。随着抗日民主政权的建立，1942年，贫穷的蒋王庄终于有了庄上有史以来的第一个新式的抗日民主小学——蒋王小学。这年我虚岁6岁，与春才在一起上学读书。母亲的手很巧，用土蓝布为我和春才各缝了一个书包，背在身上上学，别的小伙伴见了，都很羡慕。他们多数人都没有书包，只好手拿书本、笔墨去上课。

虽说是新式小学，私塾的遗风犹在。开学那天，母亲包了一菜篮粽子，煮熟了，送给文弱书生夏一华老师和同窗分食，我们还给老师磕了头。我自幼脑子灵活，反应敏捷，夏老师很喜欢我，便让我当了小组长。母亲知道了，眉开眼笑，以后每天早晨，都叫醒我，笑着说："小组长，起来吧，吃早饭，上学去。"并帮我穿好衣服。我在7岁时，在大哥的辅导鼓励下，曾在陈吕召开的峰北乡村民大会上演讲，说新四军攻克阜宁的意义；9岁时，又在西北厢召开的高作区抗日儿童团成立大会上演讲，宣传抗日，并当选为区儿童团文娱委员。我自小胆大，并不怯场，在乡里传为佳话。直到我上了大学后，回家探亲，父亲还告诉我，有次他在西北厢北边割牛草，有位也在割牛草的老汉与他攀谈起来，说："你家的春瑜，9岁时就敢在全区大会上演讲了，难怪他现在上了大学，将来一定有大出息！"难得的是这位老爷子，时隔10多年后，还记得我那次演讲，但至今我并无大出息，真是辜负了这位老人家的厚爱，愧对江东父老了。

但是，我自幼顽皮、淘气，不断给母亲带来麻烦。5岁那年，母亲下地割麦，跟我说："小三子，你就跟妹妹玲英一起在家玩吧。"我不肯，偏要跟她下地。母亲只好同意。她带了两把镰刀，一把备用。母亲割麦时，还特地关照我："你人还小，可不要拿镰刀啊！"话音刚落，我就拿起镰刀，试图跟她一样割麦，但手起刀落，砍在左脚背上，立刻鲜血直流，痛得我哭起来。母亲立即从穿的大褂上，撕下一块布条，把我的脚包起来，背我回家，一路上抱怨我："你就是不听话！叫你不要碰镰刀，你居然拿刀割麦了，你才5岁，怎么拿得动啊！"转眼间，65年过去了，我的左脚背上，还留着那块刀疤，真是不听母亲言，吃亏在眼前。教训深刻啊！

我6岁那年夏天，下了几场暴雨，河水猛涨，我和春才去河边玩，不小心栽到河里，幸亏春才及时挣扎着爬起来，向母亲报警，母亲赶紧请了邻人蒋国仕（俗称银二爷）等，跑到河边，我已被河水冲走，不见踪影。银二爷立即下河，游到河中心时，隐隐看到有个小辫子在沉浮（我留着所谓"分头"，夏天出汗多，母亲便给我梳了一根朝天辫子，还扎着红头绳。）马上游过去，把我救到河岸上，倒提双脚，我吐了不少河水，才活过来。母亲受此惊吓，严厉禁止我和春才学游泳。家乡是水乡，河流密如蛛网，下河游水有着巨大的诱惑。直到1946年夏天，我9岁了，才在同庄小学同学王桂凤

（后改名王瑞符）、王桂田、王斯鼎等的带动下，偷偷学会了游泳。一波刚平，一波又起。这年秋天，我在露天厕所如厕时，受一条突然穿过的草蛇惊吓，猝不及防，后滚翻跌入农家积肥用的很深的厕内，遭到没顶之灾，吞进很多糟粕，至今每一思及，仍觉恶心、揪心。此时在旁边的小伙伴蒋宝佐平时反应迟钝，这次却甚机敏，飞奔到庄上，叫来我大嫂，将我救起。母亲大惊失色，不嫌脏臭，给我脱光衣服，用河水冲洗全身。不少庄民围观，有几位老太太都对母亲说："跌进厕所的小孩，肯定活不过三年！快拿刷马把（用竹片扎的刷马桶的刷子）在春瑜头上用力打三下，他就能活过三年！"母亲照办了，但哪里舍得用力打？不过是轻拍三下而已。我不知道我一直活到现在"老而不死"，是否要归功于刷马把的三击顶？奇怪的是，尽管我读书甚杂，但从未见文献上有此记载，大概是古代"淮夷"遗留下来的奇风怪俗吧。

第二年夏天，我再次闯祸，与春才到大西庄的河岸旁，无端要将桥板捧起，可是费尽九牛二虎之力，我刚把桥板捧起几寸高，便无力再捧，立即放下，右手中指被砸下一块肉，仅有一根筋连着。春才见状，忙将这块肉复原，用手捏着，拉着我跑回家，在供奉灶神的香炉里，抓了一把香灰，捂在中指上，用布条包得严严实实，并嘱我不可告诉母亲。

可第二天，母亲还是知道了，把春才骂了一顿，说他不带好头，更骂我："饭养黄了牙，捧桥板干什么？那是好玩的吗！把手指砸烂了，那还了得吗？"并发狠要打我们一顿。然而，母亲也只是说说而已，她拆开布条，重新又撒了些香灰，用比较干净的布包裹起来。我照样玩耍，并不感到怎么疼痛。个把月后，母亲拆掉布条一看，那块肉居然跟手指长在一起了，只是留下一道非常明显的伤疤，而且右手中指，比起左手的中指，又粗又扁，直到今天，伤痕依旧。母亲不禁笑着说："小三子，算你命大，灶神爷保佑你这只手指头，跟没受伤一样。"

儿童都有些叛逆心理，我在童年时，更是相当突出。有一次，母亲叫我到大西庄去"出人情"，我与这家人家的小孩闹别扭，不想去，母亲说我不知好歹，有"六大碗"不去吃，干脆家里饭也不吃算了！她分明说的是气话。我却认真了，躲了起来，吃中饭时，没有找到我，吃晚饭时，还不见我踪影，这下母亲急了！一家人在庄上到处找我，眼看太阳已经落山，庄上人七嘴八舌，怀疑我玩水淹死在河里了，大哥只好下河寻找。后来，还是一个成天淌着口水，说话有些结巴的青年在草堆旁发现了我，大声叫着："春瑜在这里呐！"家人、庄人才松了口气，"解除警报"。母亲看到我，骂也不是，打也不是，叹了口气，说："你已两顿饭都没吃，赶紧回家吃饭吧。"现在看来，我在顽童心理支配下演出的这幕闹剧，太无道理，真是害苦了母亲。

我真的太淘气、贪玩了。4岁时，我就睁大好奇的眼睛，在家里乱翻东西，总想找出好玩的东西，把母亲的针线匣、大哥的书箱、写字台的抽斗等，翻得乱七八糟，母亲打我的屁股，大哥揪我的耳朵，并无成效。我到处乱跑，在赤日炎炎下，爬树掏鸟窝，钻到草堆里捉迷藏，而且常常是一丝不挂，又怕烫，不肯用热水洗澡，结果头上长了很多虱子，还害了不少疖子（长脓包）。母亲还得抽空给我蓖头，挤脓包，用豆叶贴上去，一边挤，一边说："知道你疼，不挤不行哪！你太皮了，毒日头下瞎跑干什么呀！你要是满头都是疤，长大了媳妇都请（娶）不到！"母亲的话，我哪里听得进去？照样疯跑。至今，我的右太阳穴上、头部、后脑勺，都留有不少疤痕，都是童年顽皮付出的代价。所幸继承了父母的优势，头发多而密，将疤痕都盖而不彰了，因此对娶媳妇毫无影响，幸何如也。后来，我曾对妻子说起这些童年往事，她拨开我的头发，说："你是野人。"平心而论，我小时候真是太野了！我经常做一些莫明其妙的玩具，小木棍、竹竿等，都用牙咬断。母亲曾笑着说："我看你除了生铁，还有什么咬不断的？"我知道，她是说我像老鼠似的。

从童年到少年，由于我太顽皮，喝生水、受凉，经常感冒、发烧、闹肚子疼。穷乡僻壤，缺医少药，发烧时，母亲用一块冷毛巾敷在我的脑门上，并端来一碗麦片饭，放了几块咸菜，说："头疼发热，干饭一咽！"那个年头，我家常常是一天三顿糕子（碎大麦片）粥，吃顿干饭，就是改善生活，增加营养了。有时我烧得比较厉害，吃不下，她便去老舅家，借来一些大米，放在小的布口袋内，置于粥锅内，粥熟了，袋里的米饭也熟了。母亲说："你看，这是白米饭呀，吃吧。"我起不来，她便喂我。我病情稍缓，能自己喝一碗粥了，母亲便感叹地说："唉，你什么时候能吃上饱饭了，伤风就好了。"这样的感叹，我也记不清母亲说过多少遍。但有的时候，我发着高烧，总不见退烧，母亲疑心我是被哪位已死的长辈游魂摸了头，便用两根竹筷放在碗内，左手扶着筷子，右手掬了一把水，慢慢浇到筷子上，口中不断叫着"是爹爹吗？奶奶吗？外公吗？"等等，如果叫到谁左手脱手，筷子能站立不倒，就立刻到门外给这位亡灵烧纸钱。这样弄，有时我还真好了。现在看来，这与扶箕一样，其中有很深奥的心理因素，起码有着心理暗示、诱导的积极作用。但有时无用，我仍然烧得厉害，母亲疑心我在外面玩，把魂丢了，便在门外给我叫魂。母亲高声叫道："春瑜家来！"我大嫂立即在家中应道："家来了！"这样要叫很多遍。夜深人静，我听着母亲凄厉的呼唤，随着冷风越过树梢，越过屋顶，消失在空廓的原野里，悲凉、恐惧在我的心头久久挥之不去。第二天，邻人都来问讯："春瑜好些了吗？"母亲忙说："难为你呀，好些了。"我肚子疼时，母亲会用两个大拇指按摩，仍不见效，便用量米的升筒，将纸点着，放进筒内，然后扣到腹部，把寒气吸出来。此法俗名叫"拔升筒"，很有效。我也记不清母亲给我拔了多少次。但有时候，母亲这一招也不灵了，我肚子痛得在床上打滚，只好请业余扎针灸的乡亲，给我扎针。

1945年春天，我们一家住在大西庄本家王二爷及王斯和兄的家中。我、春才、玲英、侄子家俊（后改名爱东），都患上麻疹。我和春才都很严重，发着高烧，眼睛睁不开，不能进食，不住地呻吟。母亲给我们喂水，入夜，她通宵没有合眼，守护着我们，几次开门，看天亮没有。好不容易熬到天亮，她请来邻人孙二爷（小名二飞）、斯和兄，用门板当担架，把我和春才抬到6里路外的高作镇北的一位中医家。经诊治开了中药，回家服下，几天后退了烧，才逐渐康复。斯和兄是党员，后被秘密派到无锡工厂搞工运，死于肺病；

孙二爷病逝于20世纪60年代，他们都曾有恩于我，我深切地怀念他们。这年夏天，我的叔母（六叔恒万妻）来我家玩，母亲准备包饺子招待她。春才打着伞，冒雨到河岸旁割韭菜，不料河对岸地主孙兰清家的一条恶狗，竟游过河来，追着春才狂吠，他用纸伞抵挡，狗把纸伞也咬碎了。虽然，所幸狗并未咬到他，但他素来老实、胆小，经此惊吓，大概是胆破了，一病不起，没几天，就面黄如纸，吃了医生开的中药，也不见效，病势日益沉重。有一天，春才已人事不省，母亲以为他要撒手人寰了，哭着替他换了过年才穿的新衣。情急之下，母亲请人叫来孙大师，他看了春才病状后，沉稳地说："没事啊，有救呢！"掏出几根银针，在腹部、腿上扎了下去。果然，也不过一顿饭工夫，春才的病情便明显好转，晚上，他想喝粥了，母亲高兴地说："好啊，他想吃饭了，真的有救了！"

母亲一生勤劳，辛辛苦苦。1946年，"土改"后我家分到了三间房，16亩稻麦两季的好田，两亩有待开垦、三年免税的荒地。父亲也告别苏州，回家务农，买了耕牛，从此生活明显改善。但母亲勤俭持家，依然终年粗茶淡饭。但是，我和春才小学毕业后，读初中，初中毕业后，我读高中，春才读工专（华东第二工业学校，在扬州），我后来又读大学，母亲和父亲宁可自己"汗滴禾下土"，节衣缩食，供我们上学。读大学期间，我差不多一年两次回家探望母亲、父亲。后来当了研究生，结婚后，冒着严寒，回家探望母亲、父亲。当时已是饥馑在全国蔓延，很多人活活被饿死的非常时期，母亲仍千方百计做了汤圆，一起欢度春节。我妻子过校元女士虽生在无锡城里大户人家，毕业于复旦大学物理系，但为人善良、质朴，母亲很喜欢她。第二年，我儿宇轮出生满月后，我给他拍了照片，寄给母亲，母亲看后，格外高兴。但谁能想到，"文革"开始后，我多次被整，到1970年春，第三次被隔离，被打成"现行反革命分子"，过校元受株连，被迫害而死。母亲深知我素来个性倔强，怎么能受得了如此屈辱？宇轮才8岁，我怎么能照顾好他？她患了食道贲门癌（开始被误诊为胃下垂，无疑延误了对症下药的时机），我家破人亡的遭遇，无疑加重了母亲的病情。她在病危时，头脑非常清醒，要我大哥立即给上海师大拍电报，要我带着宇轮，赶回去见最后一面。可是，由于当时各种人为的刁难，等我们父子赶到村口，邻人孙二嫂沉痛地对我说："你老妈妈昨晚已没了，连夜下葬。"从此，我就永远失去了母亲！进了家门，我放声大哭，家人也都跟着哭起来。傍晚，大哥、侄子爱南等，陪我到母亲的坟前祭拜，爱南不顾大哥的劝阻（当时正是"文革"中期，严禁土葬，母亲还是棺葬的；又严禁焚化纸钱，说这是迷信、"四旧"），烧了几张纸钱。是时也，暮色沉沉，寒风萧索，我的热泪洒在燃着微火的纸钱上，心中悲凉到极点，这沉沉黑夜，何时是尽头？在回家的路上，我高一脚、低一脚地踏在田埂上，我已很多年没有在夜晚走乡间小路了，忽然想起刘半农作词、赵元任谱曲的不朽名作《教我如何不想她》的最后一段："枯枝在冷风里摇，野火在暮色中烧，啊，西天还有些儿残霞，教我如何不想她？"此情此景，引起我对这首歌词的强烈共鸣，也加深了对它的理解。年年月月，每当日暮时分，遥望西天天幕上的些儿残霞，我便想起了当年跪在母亲墓上痛哭的情景，无边的思念、悔恨，便涌上心头：倘没有我在"文革"的惨痛遭遇，母亲不会走得那样早。可是，今生今世，我是无法弥补了。我不知道有没有来世？如有，我要告诉母亲：我还要做您的儿子，但您放心，我再不会像今世那样顽皮，给您添乱。如果您还是农妇，我只读完小学，就跟您一起务农，"日出而作，日落而息"，听您讲故事，我也读古典小说给您听，官场的是是非非，去他娘的蛋，不关老子屁事，再不会参加保卫谁、打倒谁的无聊勾当，让您担惊受怕……

　　母亲，我是多么怀念您。

穷　证

　　我并不喜欢收藏。对于时下日趋风靡、很多人趋之若鹜的搜集真真假假的古董、铜钱、邮票之类，皆无兴趣。倒不是没有那点闲钱，而是没有那么多闲工夫。但是，作为一个虽然还未很老，但毕竟已不年轻的文化人，寒舍总有不少文化积存，其中包括收藏家们已经或正在感兴趣的东鳞西爪、一枝一叶。

　　譬如说，我常常在翻旧相册、笔记本、画册、书籍时，发现上海、北京、江苏等地的粮票，其中上海的半两粮票，在全国堪称独一无二。当时在沪凭此票可买一碗豆浆，或一根油条，也因此遭到外地人、特别是北方汉子的讥评："上海人小家子气十足！粮票居然有半两的，还不够塞牙缝，亏他们想得出！"其他还有工业品券、布票、油票、买豆制品卡等等，都是我多年前随手乱放；时间久了，也就忘诸脑后，有时找东西、查资料时，又使这些鸡零狗碎之类，重新跃入眼帘，勾起我许多沉重、无奈的回忆，有的事，更是刻骨铭心，令我老泪纵横。

娶妻生子，人生大事
也。我妻过校元女士，无
锡人，1955年考入复旦大
学物理系，与我同届，只
是我读的是历史系，我们
在1956年相识相恋。1958
年，她提前毕业，留校工

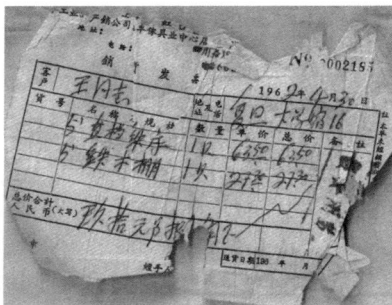

笔者凭结婚证购买的铁床发票

作，参加了研制我国第一台模拟电子计算机的工作。1961年
冬，我这时留校读研究生已经一年。我俩商量多次后，决定
结婚；因为结婚后，才能拿到户口簿，而有了户口簿，便有
了副食品供应证，每周可买几块豆腐干、半斤豆芽之类，还
另有一些票证。我们的积蓄很少，但为置办必备的家用品，
煞费脑筋。我在朔风凛冽中奔波，费了很大劲，才凭票购到
一张双人铁床、一只热水瓶、一个洗脸盆、一只痰盂。第二
年夏天，我妻在第二军医大学办的长海医院，生下我们的儿
子宇轮。

全国的饥馑，像瘟疫一样蔓延，我无权无势，无处开后
门；校元怀孕期间，营养不良，身体又不好，故儿子出世后，
她几乎没有奶水。出院那一天，她哭着对护士长说："我这

复旦大学第六教工宿舍60号，当时我的家。

一点点奶水，怎么能养活这个孩子？"那位瘦长的约30多岁的护士长，含着眼泪，叹息着说："是啊，你如果营养跟不上，身体又康复得不好，很可能会断奶的。"她说："这样吧，我去找医生商量一下，看能不能开出证明，就说你因病无奶，你们拿这个证明，去找牛奶供应站，按规定是可以订一瓶牛奶的。"也不过10分钟后，护士长微笑着来告诉我们：证明开来了！我们真不知道怎样感谢这位善良的护士长、女军人才好。我妻感动得连连抹着眼泪，而护士长叹息着，一脸无奈地说："这里的产妇，很多都没有奶水，我们也不知道该怎么办。这样的证明，我们是很少开的。因为现在牛奶供应非常

过校元及宇轮儿（前左）、二嫂吕务常及侄女爱茹（前右）。作者（后左）、二兄春才（后右）。1963年秋摄于上海。

紧张，多开了，牛奶公司会对我们有意见。"我手拿这张薄薄的、四寸见方的卡片，觉得手头沉甸甸的，胜似万两黄金。有了它，我儿子的生命才有保证，我妻也才能破涕为笑。

弹指间，几十年过去了，我那贤惠却又苦命的妻子，在"文革"中遭迫害不幸去世，宇轮儿已远渡重洋，在异疆落籍；不知那位护士长大姐、办事员老哥，现在在哪里？我非常怀念他们……

回首票证浑是梦，都随风雨到心头。不管是众多爱好者热心收藏的，还是我家残存的各种票证，都是"穷证"——过去国穷民穷的历史见证。所幸噩梦一般的历史，早已翻过去好多页，改革开放的现代化大潮，从人们的日常生活中，冲走了那些大大小小、琐屑难记的票证。真个是：别了，票证，但愿它永远不会卷土重来。年轻的一代及后代，应当懂得历史，知道什么是穷证——贫穷之证，珍惜今天来之不易的改革成果。

何当共剪西窗烛

　　我在童年时，虽僻处海隅，也已知道有个中华书局。随着老米饭越吃越多，又爱好文史，考进复旦大学历史系，从本科到研究班，一共读了多少中华书局出版的史料、著作，真是难以统计。我想，凡是专攻文史，在书海里觅食的人，都会与我有同样的经历。因此，回顾我求学、治学的生活，不能不对中华书局充满敬意。但是，中华书局在我记忆深处，留下的不仅是敬意，更有温馨的一面，每一思及暖心间。

　　我指的是20世纪70年代后期与80年代前期，我与中华书局朋友们的往来。

　　我是1979年初从上海师大历史系调入中国社会科学院历史所的。我的进京工作，与挚友杨廷福学长的热心相助，有很大关系。廷福教授是隋唐史专家，对唐律、玄奘的研究更独具匠心，成果丰硕。我在"文革"中，曾经被"四人帮"把持的上海公、检、法军管会戴上"现行反革命分子"的帽子，监督劳动近7年之久。那罪名实在荒唐，现在不说也罢。

"文革"结束后，1977年春天，我终于被彻底平反，重新走上教学岗位。但不久，廷福学长即被借调到中华书局，参加由季羡林前辈主持的《大唐西域记》注释工作。我是个习惯坐冷板凳读书、写作的人，更适合搞研究，最理想的岗位，便是历史所。廷福学长非常支持我，在京中奔走，去历史所找我的老同学，以及他自己的熟人。好事多磨，经过一年多时间，在谭其骧师及有关领导的关心下，我终于在1978年底，办好一切手续，进京工作。行前，返沪探亲的廷福学长，特地约请汤志钧学长、钱伯城兄，到上海著名的"东风饭店"，参加由胡道静老学长做东，为我饯行的晚宴。

杨廷福教授

在京工作期间，我俩过往从密。我经常去中华书局看他，并由他介绍，结识了傅璇琮先生、张忱石先生、谢芳先生、崔文印先生、魏连柯先生等，诸兄的严谨学风、平易近人、热情好客，都使我有一见如故之感。近日我翻开这一时期的日记，便有很多与他们往来的记载，仿佛时光倒流回去几十年，让我倍感友谊的温暖。

进京后，我发表的第一篇有较大社会反响的文章，是《"万岁"考》。先登在1979年秋的中国社科院写作组《未定稿》上，后来为国内外的多家报刊转载。在写作过程中，廷福学长对我鼓励最多。我曾去中华书局看他，表示要写这篇突破禁区，也许会冒政治风险的文章。他说没关系，"文革"时大搞文字狱的暴政，毕竟一去不复返了。后来，他又在中华书局遍查史籍，抄了几条史料，专门到历史所我住的"土地庙"（按：当时所内同事对我所居斗室的戏称），告诉我。其中《诗钟》里的一则有关"万岁"的对联，就是我不曾掌握的。廷福学长交游甚广，他喜欢把他认为人品一流的饱学之士，介绍给我。如冯其庸教授，就是他介绍我认识的。《"万岁"考》草成后，我寄给冯先生看，他连夜快读，给我回信，说读了此文，"可连浮数大白"，予以充分肯定。从此我们成了好友。

多年来，我一直视廷福如长兄，无话不谈。傅璇琮先生，谦谦君子也。廷福学长几次跟我说："傅璇琮先生，学问很好，为人再老实不过了，1957年居然把他也打下去，真是冤哉枉也！你下次来中华书局时，不妨去看看他。"后来我去拜访傅先生，很谈得来。璇琮兄热情地说："你以后哪怕是路过此地，也要进来歇歇脚，喝杯茶。"他与张忱石、许逸民先生创办了《学林漫录》，向我约稿，我不仅陆续写了《漫话高夫人》《蒙汗药之谜》《蒙汗药续考》《秋夜话谢老》等文章，还约了亡友吴泰等学者，向《学林漫录》供稿。"文革"前，中华书局出版过《历史人物传记译注》

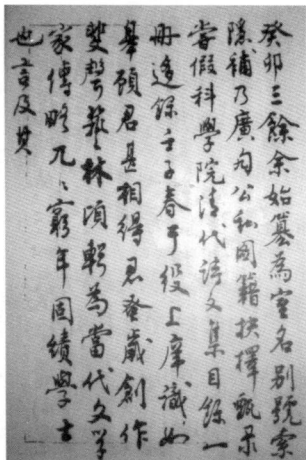

廷福兄笔记

丛书，受到读者的欢迎。这时，傅璇琮先生、张忱石先生等决定继续出版这套丛书，他们知道我主要是研究明史的，约我将《明史》刘瑾、魏忠贤的传译注出版。我因事忙，便约请同事杜婉言编审，分头注释，我专门写了一篇《明代宦官简论》，作为附录。这虽然是本小书，也是我与中华书局友谊的见证。

20世纪80年代初，很多单位住房紧张，夫妻分居两地，中华书局、历史所概莫能外。谢芳、魏连柯诸兄，都住在办公室，有时自己动手，烧几个菜，聚餐、聊天。廷福学长、连柯兄打电话给我，我当然乐得去"打秋风"。大家边吃边聊，在我看来，聊天比吃饭、喝酒更有味。我们彼此都不设防，谈天说地，真个是其乐无穷。连柯兄是有些酒量的，我们成了酒友，有时我去中华书局，有时他来历史所，喝酒聊天，切磋学问，成了挚友。张忱石兄住家离历史所很近，他烧得一手好菜，我曾去光顾过多次，至于经常托他代购中华书局的书，更是不在话下了。

然而，随着杨廷福学长返沪执教，并不幸于1984年春患肺癌辞世，仅得中寿；魏连柯兄调回河北，终于夫妻团聚；我则先后住到古城、方庄，离中华书局距离日远。因此，与中华书局的朋友们，往来日稀。

　　"何当共剪西窗烛，却话巴山夜雨时"。多年前，与中华书局朋友们往来的日子，令我眷恋。而多次与廷福学长在中华书局秉烛夜谈，他的音容笑貌，时时在我的眼前浮现，恍如昨日事。岁月悠悠，天壤永隔，午夜梦回，思之凄绝。

"亦狂亦侠亦情深"

——送别舒展

　　《人民日报》社人才济济，仅就杂文家而论，老一辈的有蓝翎、舒展，年轻一辈的有徐怀谦。不幸的是，三位身体都不好。更让人痛惜的是，怀谦因患忧郁症，难以解脱，走上绝路。自20世纪80年代始，京中杂文家常有聚餐，蓝翎因病，从未出席。但他并未忘却文友，显然是生前有嘱托，去世后，家人将讣告一一寄给包括笔者在内的同道。舒展去世，似乎像秋风吹走一片落叶，了无声息。其夫人与我熟悉，既无片纸，也无电话通知。我是接到邵燕祥兄的短信，才得知舒展已往生，燕祥并感叹"杂文界又弱一个"。是的，杂文界又弱一个，而且是少了一位满腹诗书、疾恶如仇、机敏幽默的好人。

　　20世纪80年代初，我即听说舒展因严重高血压导致肾衰艰于出家门，但仍不断有杂文新作面世，而且依然尖锐泼辣，这让我感动、佩服。我给他寄去拙著《牛屋杂俎》，内附短柬，谓："环顾海内文坛，用生命赌杂文明天者唯吾兄一人耳！"他接到书后，回赠其大著《辣味集》，附短笺称"不敢当"，并说盼望有朝一日身体康复后，能与文友们畅叙。"皇天不负有心人"，"不信东风唤不回"。后来，他换了肾，很快就参加朋友们的聚会，方成、丁聪、牧惠、燕祥、我、四益、铁志等见他红光满面，谈笑风生，都为他高兴。后来，我为广东人民出版社主编《说三道四丛书》（后出版社改为《南腔北调丛书》）致电舒展，请他也编一本，他欣然允诺，很快就编好了。我按体例，为他的集子写了400字的序。写成后，寄给他征求意见，他来电说："多谢老弟抬爱。"

舒展长我6岁，是位老大哥，但从不摆谱。某年夏天，广州出版社编辑杨姗姗女士来京组稿，她想拜访方成先生，我告诉她方老的家址，要她见面后自报家门，就说是我介绍的。姗姗敲开方老家门后，刚好舒展在座，她说是我介绍的，舒展大喜，说："擒贼先擒王。你找王春瑜找对了！我们都听他的。"姗姗访毕告我，我不禁大笑。

舒展是文坛老将，又当过《人民日报》文艺部副主任、"大地"副刊主编多年，在文坛有很多朋友，熟悉文坛掌故。有次他来电说事，我告诉他次日去成都，他托我向流沙河、魏明伦问好。我与流沙河有交谊，去成都后，在大慈寺茶馆聊天半日，说古道今，更聊了很多明清之际遗闻佚事，甚感快慰。魏明伦以鬼才名世，我很佩服，但从未谋面，不便造次。一次在方庄的聚餐席上，舒展聊起乔羽的一则趣事。某文化高官，发迹后，架子很大，见到熟人都不睬。（按：方成老人曾告我，在《人民日报》文艺部，他与此人在一张办公桌上办公，面对面而坐，相处融洽。但此人后来当了文艺部主任，另室办公，在电梯、楼道上碰到，立刻冷面相对，不打招呼，似乎从来不识方成其人。）在广州的一次聚会上，乔羽与此人同桌，忍不住当众说："贺××，你官不大，却架子很大。一个芝麻绿豆官！一粒芝麻膨胀一万倍，不就鸡的老爸大吗！"此公下不了台，立刻退席，悻悻而去。举座闻之大笑。

舒展说的此事，是千真万确的。乔羽那时与我同住方庄，只要彼此不外出，几乎天天在方庄邮局见面，我去专用信箱取报刊、信件，他则买各种小报，见面时总要聊天好久。他也曾来我书房闲聊。他曾跟我说起这则故事，并说贺某气冲冲地给乔羽夫人曾老打电话，说"乔羽喝酒骂我，他在什么范围骂我，必须在同样范围消毒"。乔羽回家后，曾老告知贺某的话，乔老爷轻蔑地说："去他的！"二人从此形同陌路。乔羽还告我，有好事之徒将此事当新闻发到新加坡《海峡时报》上，成了人们的笑谈。

在我看来，舒展老哥与邵燕祥兄的交谊之深，恐怕一般文友是难以比肩的。舒展比燕祥大两岁，但都属于早熟的英才。燕祥小学时的文章，便已不同凡响。他读了不少张恨水的小说，对张公很景仰，一心想见他。那时，张恨水主编《新民报》，燕祥便往此报投稿，投了几篇都发表了，月底该报财务科通知他去领稿费，他去了，会计见是位小孩，便问：你是邵燕祥先生的什么人？他答："我就是邵燕祥。"会计吃了一惊。1947年，舒展在武汉读高中一年级时，即已在《武汉时报》上发表了《关于反侮辱》的杂文。1995年外文出版社出版了丁聪老人画《我画你写——文化人肖像集》，燕祥在舒展漫画像侧题诗曰："人间有味是微醺，何必微醺话始真？避席难逃文字狱，著书犹带辣椒魂。笑谈九与一之比，窃谓花和草不分。句句行行皆苦口，亦狂亦侠亦情深。"此诗何其有味也！末句更是点出舒展的神韵。难怪舒展盛赞燕祥"够朋友"。

"青灯有味似儿时"

"青灯有味似儿时"，这是陆放翁的诗句。对于今天都市里的青少年来说，用植物油点的青灯，已经是个遥远的梦。而对我来说，每当想起这句诗，便想起儿时家中及学校里的油灯。

我的童年，是在抗日战争、解放战争的艰苦岁月里度过的。家贫务农，分外节省。有时吃晚饭，天已很黑，家母却舍不得点灯，笑着对我们说："反正也没什么好吃的，总不会把稀粥喝到鼻子里去吧！"但是，吃完饭，母亲、大嫂、姐姐，不是忙着洗碗、刷锅，就是忙着做针线活，包括给新四军战士纳鞋底，以及为打破日寇对根据地的封锁而养蚕、纺纱等等。常常因封锁买不到火油（这是当时的叫法，即煤油），只好以豆油、猪油代替。在穷苦农民的心目中，豆油、猪油都是精贵之物，吃都舍不得，现在被迫用来点灯，只能把灯捻子做得细一些（当时灯草也常常短缺），这样油虽耗得少了，但灯光如豆，在微弱的青焰中，发着暗淡的

光。但正是在这样的灯光下，母亲、大嫂、姐姐做出了一双
又一双军鞋，摇出了一锭又一锭纱，育成一斤又一斤的茧；
而我也正是在这样的灯光下，写字，做作业，读《水浒传》
等文学书籍，从小学毕业。

这时，已经是1949年的秋天。不久，我考取了海南中
学。这是一所历史悠久、具有光荣革命传统的学校，在战争
年代，培养了大批热血青年走上革命岗位。但是，学校的办
学条件简陋，生活艰苦。晚上，我们在教室自修，8个人共
用一盏用墨水瓶做的火油灯。油质太差，黑烟不断。教室的
门窗都透风，坐在下风的同学，更不堪其苦：被烟熏得眼睛
睁不开，擤出的鼻涕都发黑。于是，我们轮流坐下风，真个
是：有烟同熏，有黑同擤。正是在这样的灯光下，我们修完
了一年学业，第二年，随着新中国文教事业的发展，我们终
于用上了汽油灯，从此在教室里与火油灯彻底"拜拜"了。

作为一介书生，虽说我家的吊灯、壁灯、立灯、台灯，
都非豪华之物，但每当夜幕降临，打开灯时，比起当年的青
灯、煤油灯来，真不啻是天差地别了。不过，儿时青灯犹有
味，人生毋忘艰难时，我很知足。

难忘启蒙师

　　如果说，作为一名学者、作家，我的文笔还算流畅、简洁，这得力于我在少年时代打下的语文基础比较扎实。从小学到中学的语文老师，他们对我的启蒙之恩，是我永远不会忘记的。

　　我这大半辈子，写过几百万字。但第一篇作品——严格地说，是第一篇作文——的写作、刊出的情景，至今还历历在目。

　　1943年，我虚岁7岁，在今建湖县高作镇蒋王庄小学读二年级。夏一华老师教我们写作文，他要我们把看到的有意思的事写下来。我想起我们一群小伙伴在一小块空地上种鸡毛菜（即小青菜）的情景，觉得很有趣，便用毛笔在仿纸上写道："鸡毛菜长出来了，绿油油的，多好看哪。蝴蝶在上面飞来飞去，多快乐呀！"夏老师看后，微笑着，用红笔在我的作文上批了一个"优"字，并贴在教室的土墙上，这就是发表了。同学们下课后都去看，我自然很高兴。获得夏老师肯定这篇作文，虽然只有短短的五句，但文字通顺，没有错别字，字也写得很认真。

我的第一篇作文受到夏老师的表扬，对我以后的成长，具有重要影响。我幼小的心灵茅塞初开：什么叫写作？这就是写作嘛，打消了对写作的神秘感。夏老师是个温文尔雅的人，皮肤白净，身材瘦弱，

1999年笔者在当年湖垛初中教室门前

穿长衫，戴礼帽。有一次我在描红簿上，竟然写下"夏老师像个大姑娘"一行大字。这真是没大没小，太不尊重老师了。夏老师看到后，很生气，用戒尺打了我的手心几下。但他显然是手下留情，我并不感到很疼。自从这次"大姑娘"风波后，夏老师仍然耐心地教我如何写作文，并不时表扬我。我儿时相当淘气，又不讲卫生，头上长了不少虱子。夏老师没有嫌我，有

时下课后，他帮我捉虱子。当时
我就产生联想，他批改我的作
文，改掉错字，跟在我的头上捉
掉虱子差不多。

令人痛惜的是，夏老师只
教了我们一个多学期的课，便
因患肺结核病倒，不久即去世
了，年仅20多岁。岁月悠悠，
我常常想起这位第一个在写作
道路上扶我学步的老师，没有当

葛葵先生

初的第一步，哪有我后来漫长的、通往成功之路的步履啊？

上了初中后，葛葵先生、王文灿先生、唐则尧先生，对
我的作文热情鼓励、严格要求，激发了我的作家梦，同样是
令我终生难忘的。1949年秋，我考入盐城师范初中部（前身
是著名的海南中学），教我们语文的是葛葵先生。他毕业于
南京师范大学，比起小学时代的老师，他真是位大学问家
了！他对历史、古典文学、现代文学，都很熟悉。教语文
课，分析主题、文章作法，深入浅出；对相关作家的生平，
娓娓道来，津津有味；并不时讲起他参加南京学生"反饥
饿、反内战"游行示威活动的情景。他当时念的他们写在大

横幅上的一首诗，我至今仍记
忆犹新："黄金美酒万民血，
玉盘佳肴百姓膏。烛泪落时民
泪落，欢声到处哭声高。"他
提倡课余要多读现代作家的作
品，正是在他的启发下，我由
读传统武侠小说、旧小说，转
而读新文学作品。《小二黑结
婚》《吕梁英雄传》《茅山下》
《新儿女英雄传》等，便是我最
早接触的新文艺作品，使我大开眼界。

王文灿先生。摄于20世纪50年代初。

　　葛先生给我们出的第一篇作文题，是《我最崇拜的人》。
我看过小说《精忠说岳》，便写了我崇拜岳飞，及为什么崇拜
岳飞。葛先生在课堂上表扬我这篇文章写得好，但指出，岳
飞愚忠，这一点不值得效法。显然，他是懂得历史唯物主义
的。非常遗憾的是，葛老师因肺病复发离职，住院治疗，在
家休养，于1953年去世，还不到30岁。

　　此后，王文灿先生、唐则尧先生相继教我们语文课。王
先生原是校医，但知识渊博，书法亦佳，他教生理卫生、数
学、语文，都很受同学们的欢迎。他批改作文一<u>丝</u>不苟，对

我的每篇作文，都认真分析，指
出优缺点，而更多的是鼓励。时
值"抗美援朝"期间，我写了一
则美军思乡的小调，他用红笔批
曰：写得好，可翻译成英文，作
瓦解美军用。这真使我受宠若
惊。回想起来，这恐怕是我大半
生以来，我的作品所受到的最高
评价。

1954年春，笔者在盐城中学
读高二，时年18岁。

　　唐则尧先生是位严师，表情
严肃，不苟言笑，我在私下给
他起了个"唐老虎"的绰号，这是对老师的大不敬。后来有
同学向唐老师举报，他找我谈话，指出我不敬师长的错误，
但并未高声训斥。有一次作文，他出了题目，我却擅自另写
了抗日英雄、神枪手王洪章的故事。他看后，严厉批评我自
说自话，太随便，怎么可以绕开老师，自拟题目？并说写作
是件严肃的事，不可随随便便。但是，他非但没有判这篇作
文不及格，反而批道：讴歌抗日英雄，很有意义，通篇文笔
流畅，能吸引读者，可试向报刊投稿。唐老师说的"写作是
件严肃的事，不可随便"，谆谆教诲，使我受用不尽。成年

后，特别是我走上研究、写作
的道路后，文章无论长短，都是
心血结晶，从未信笔涂鸦。唐老
师在20世纪80年代去世，仅得中
寿，呜呼哀哉。

1952年秋，我进盐城中学读
高中，两年后，因病辍学。在此
期间，语文老师万恒德先生对我
的帮助最大。至今我保留了一本
由他批改的作文簿，他对每篇作

万恒德先生中年时

文的批阅意见，都促使我的作文水平，上了一个新台阶。我
曾将出版的杂文、随笔集《铁线草》寄给他，聊表敬意。

在我看来，过语文关，最重要的是过作文关。固然，想
写好文章必须广泛阅读，勤奋练笔，但即便是了不起的天
才，也很难离开小学、中学老师的启蒙。我只是一个仅有中
等智商的人，我之所以能笔耕不辍，实在要感谢读小学、中
学时的语文启蒙老师们。

晨昏月夕，在漫步林荫时，在握管凝思间，我常常想起他
们，不尽的思念，在我心头萦回……

忆"田克思"

　　"田克思"者，历史学家田昌五先生之绰号也。他先在中国社科院历史研究所工作，任研究员，先秦史研究室主任，退休后应聘担任山东大学历史系教授。20多年前，那时的博士生导师，还值几个钱，不像现在的博导满天飞，已贬值到几乎成了笑柄。我在杂文《新编论语》中就曾写道："三人行必有博士焉，三博士行必有博导焉，三博导行必有国学大师焉……"由此可见一斑。

　　其时山大历史系中国古代史专家王仲荦前辈驾鹤西去，把系中唯一的博导头衔也带走了，昌五先生是博导，遂去山大填补空白，先后培养了几十名博士，虽还不能说弟子如云，但也蔚然成群了。他20世纪50年代初从北京大学调入历史所，因言必称马列，对马列经典著作滚瓜烂熟，行文中更大段大段地引用马列原话，历史所同仁好起绰号（"文革"中尤甚），如"林狗头"、"陈一刀"、"刘二混"、"周扒皮"之类，甚至有雍大×、杜大×、陈大×，比起这些俗不可耐的下里巴人绰号，昌五被半是尊崇，半是揶揄地戴上一顶"田克思"的桂冠，已属阳春白雪了。

但是非常人仍有非常之事，能集大雅、大俗于一身者，才叫不同凡响。昌五是何等人哪！他又被称为"田猴子"。何故？一是他经常标榜，"我是火眼金睛"，"一贯正确"，俨然是孙猴子转世。二是他与人聊天甚至在开会时，往往蹲在椅子、沙发上，双手在胸前下垂，真有点人模猴样。昌五对不时有人叫他"田猴子"，并不为忤。我猜度，他当然知道，伟大领袖毛主席曾说过，自己身上有猴气；昌五也有，不亦快哉！——当然，我这样想，也许有"度君子之腹"之嫌。

我很早就知道田昌五先生大名，20世纪五六十年代，我在复旦大学历史系读本科、研究生时，已读了他的一些文章及论王充的著作，他在史学界，已是大名鼎鼎。1977年春，我很后悔在"文革"中卷入政治漩涡，虚掷年华，一心想离开大学讲台，到历史所坐冷板凳，研究明清史，与所内中学、大学时的老同学经常通信，与唐宇元兄通信尤多。有次他在信中说所内多年未评职称，田昌五、王戎生、牟安世等，至今还是助理研究员，这让我大吃一惊，我本来以为，这几位享誉史学界，早就是研究员了。1978年，历史所所长伊达前辈同意将我调入历史所，并由人事部门通过国务院政工组向上海师大发出调令。但师大党委不肯放，拖到这年深秋，在上海市委领导的关怀下，做了干预，师大党委才同意放我走。也就在此后不久，上海师大历史系在亡友谢天佑教授的精心组织下，召开了粉碎"四人帮"后第一次中国农民战争史讨论会，昌五先生应邀赴会。他在会上发言，不仅声如洪钟，雄辩滔滔，给我留下深刻印象，更让与会者大开眼界的是，他提到毛主席，都是直呼"老毛"，俨然是一位延安时期的老一辈无产阶级革命家。吃晚饭时，我与他同桌，他声称："不会喝酒，怎么研究农民战争史？研究农战史，就要有点水泊梁山精神！"如此高论，闻所未闻，我们不禁笑声一片。但此公并无酒量，三杯下肚，就脸红脖子粗，虽不时摩拳擦掌，挽起袖管，放言高论，但显然不逮当年梁山大口吃肉、大碗喝酒的好汉远矣。好的是，他不时还把酒瓶背在身上，这样的性情中人，我在史学界还是头一次碰到。

不久我调入历史所，与田昌五先生成了同事，而且"臭味相投"，很快成了朋友。他比我年长12岁，我岂敢怠慢？开始我叫他田先生，他立刻说："叫先生干吗？先生就要先死，叫老田就行了！"鉴于他叫我"春瑜"，我便叫他"昌五"，偶尔叫声田公，从未叫他老田，尊老敬贤，一向是我信奉的做人原则。在多年的相处中，我深感他豪放豁达、言行一致，经常语惊四座。

似乎是1982年冬，河南出版社编辑张黛女士来我所约稿，写一本《历史学概论》，列入《哲学社会科学基础知识丛书》。我的好友白钢先生拉我入伙，并说"请田克思也入伙，他名气大，由他打头炮"。昌五与白钢关系不错，应约而至，到我人称"土地庙"的陋室商量。他当仁不让地说："这本书虽然是基础性、知识性的，但由我牵头，不可小看，必须是马克思主义史学体系的高度浓缩。你们二位还把握不了，我起草全书纲目，然后分头执笔。"我与白钢求之不得。过了两天，他拿来此书提纲，共七章，前五章都属史学理论，正是他和白钢的拿手好戏，天马行空，腾云驾雾，不费吹灰之力；第六、七章是"历史学的过去和现状"、"研究历史必备的资料和工具"，却很具体，我在大学教过历史文选课，对这些内容熟悉，于是我承担写六、七章，前五章，自然由田、白二位马克思主义史学家小试牛刀了。我太忙，他们二位都交稿了，我才动笔。等我写完了，照理我应将全书通稿一遍，但我翻了几页，觉得二位都是写作高手，我何必再劳神？便写了"后记"具名田昌五、居建文，便将书稿寄给出版社。后来白钢问我，"居建文"是不是居住在建国门的意思？我说："可不是么，居住在建国门内的两个无聊文人，跟在田克思屁股后面摇旗呐喊，倘具真名，岂不寒碜？何况这书才15万字，具三个人真名，不值吧？"白钢听了，呵呵大笑。1984年春，本书出版。"田克思"拿到样书后，很生气，见装帧太差，封面没有作者署名，像"文革"时印的大批判文选，说："太不像话了！我要批评他们！"我没好气地说："这就是你们河南人的德性吗？"（他是漯河人）他立刻一脸严肃地说："你怎么能这样说呢？河南不还诞生了大史学家田昌五吗？！"说完大概感到底气有点不足，自己先笑了。稿费寄来后，昌五说："三人均分，不要细算了。"（按：他写的字最多。）白钢开玩笑地说："你拿高薪，钱花不完，我与老王都是穷光蛋，你那份就算了吧。""田克思"立即正色道："你们也不能把我剥光嘛！"真是义正词严，掷地有声。

田昌五先生参加过缅甸远征军，奋勇抗击日寇；是中共地下党，坚决反蒋；担任过北大团委、学生会、北大附属工农速中等单位领导；能说，能写，著述不辍。平心而论，论资格、轮才能，他当历史所副所长、所长，都足够。但是，他始终没有进入所级领导班子，对此，他一直耿耿于怀。历史所是老所，积累下不少问题，尤其是"文革"遗留下来

笔者（左一）与田昌五先生（左三）等人合照

的派性，在评职称、评工资时，会尖锐地反映出来。不少人对主持历史所工作的林甘泉先生有意见，发牢骚，昌五有时听到了，都会说："我那兄弟（指林）是好人，就是组织路线不正确，重用小人。"并说，他要进入领导班子，当了常务副所长，一定大力整顿，使所面貌一新。我听了颇有"天下英雄舍我其谁"之感，但以为这不过是他的大话、空话而已。没有多久，我因明史研究室的事去找林甘泉（所长）、郦家驹（副所长）二位，刚走到所长办公室门口，只见昌五一脸怒气走出来，招呼也不跟我打。我走进门后，看到甘泉脸色尴尬，家驹平素跟我相处不错，忍不住说："你不是外人，你看田昌五50多岁的人了，竟来大声嚷嚷，要当副所长，哪有这样的人！"原来昌五真的找上门，要官去了。结果当然是零。直到1986年夏天，我去威海参加白钢的《中国政治制度史》大纲座谈会，昌五刚好也在那里召开他主编的《中国封建社会经济史》座谈会，逐一起坐车进出。第一次坐车，他一下车就不胜感慨地对我说："你看，我过了六十了，副所长当不成了，有什么办法！"我安慰他说："你是名满天下的大学者了，何在乎区区芝麻绿豆官副所长？时下多半用小人，不用君子，我看张龙、赵虎，阿猫、阿狗都可以当副所长甚至所长，管他呢！咱们做一流学问，走遍天下。"昌五听了我如此刺耳的话，没有吭声。"相逢尽道休官去，林下何曾见一人"。多少人口称不愿做官，却削尖脑袋、不择手段往上爬，是十足的伪君子、假道学，昌五"以天下为己任"，找上门去要做官，是真君子、真道学。这一真一假，差别大矣。

不了解昌五的人，以为他个性张扬，眼睛朝天，脱离群众。其实不然，他经常与我们这些比他小十几岁的同事在一起聊天，甚至胡说八道。不知何故，他与其妻结婚多年，未生育。老来寂寞，便将其弟之子过继为儿。昌五对小家伙喜欢异常，让他骑在自己项上逛街、上班。一次，他在所内与几个人闲谈，突然一本正经地说："我告诉你们一个秘密，我这儿子是我亲生的。"大家都嘲笑他："拉倒吧，你那小兄弟个头太小，谁不知道？"他立即反驳："个头虽小，但膨胀系数极大啊！"众人绝倒。有次他又谈起远征军的光荣历史。白钢打趣他："国民党的军队往往偷鸡摸狗，奸污妇女。我看你也好不到哪里去！"没想到田公一本正经地说："不偷鸡摸狗、搞妇女，那还当什么国民党兵？"大家都笑得人仰马翻。

岁月不居，"田克思"昌五先生已去世近9年。他作为马克思主义史学家、先秦史专家，有多种史学专著行世，早有定评。我常常想起这位老大哥，非常怀念当年与他在一起聊天的快乐时光。在当今货真价实的历史学家中，像昌五那样狂傲个性率真者，我再也没有见到过第二个，今后恐怕也不会再有了。无边的寂寞、惆怅，涌上我的心头。

凄凉一面缘

我这大半辈子，走南闯北，在文史界觅食，见过不少名人。我记忆力不错，脑海中保存着他们鲜活的音容，将来我写回忆录，会逐一写下他们的轶事。但是，由于偶然的原因，在特定的场合，我与数位名人只有一面之缘，却留下了刻骨铭心、终生难忘的印象。

我在童年时，便知道著名出版家李小峰的大名。因为家中有长兄王荫在苏州读书时的几本文学读物，是北新书局出版的，版权页上都有发行人李小峰的名字。上了复旦大学后，读了不少北新书局的书，包括我最崇敬的鲁迅先生的早期著作。后来得知我很喜欢的中文系老师赵景深教授是李小峰的妹夫，又不免增加了一点亲近感。1967年1月，正是"文革"狂风乱卷之时，我因事去上海文艺出版社找一位老同学，登上楼梯，便听到从会议室里传出一阵阵"打倒吸血鬼李小峰"的口号声。我在会议室门口看到，已经年迈又很瘦弱的李小峰，低头弯腰，接受"革命"群众的批斗，状甚狼狈。不时有人大声喝道："你要老实交代是怎样剥削鲁迅的！"李老目瞪口呆，嗫嚅着，不知所云，于是又激起新一拨"打倒"声。当时我虽然还年轻，也受到"极左"思潮的毒害。但我几乎读过鲁迅的全部著作，说李小峰剥削鲁迅，纯属无稽之谈，便摇着头走开了。34年过去矣，李小峰也已谢世多年，但批斗李老的那一幕，却常常从我的记忆深处涌出，在眼前浮动，真是不堪回首。

聂绀弩是我很景仰的文学前辈。他的杂文，在鲁迅之后，无人能望其项背；他的旧体诗创作，对古典文学的研究，也取得了非凡的成就。1982年5月10日傍晚，我约同事许敏女士去劲松住宅区拜访聂绀弩。这是因为这年春天，我去扬州、大丰、兴化、盐城等地，调查施耐庵史料，后来写了《施耐庵故乡考察散记》，在《光明日报》发表，引起热烈争论。我知道，聂绀弩早在解放初就奉文化部之命与侯外庐、徐放等几位学者、作家，去苏北调查施耐庵史料，我想当面请教他一些问题。叩开门，说明来意，聂绀弩和夫人张颖热情地接待我们。聂老给我的第一印象，简直是活脱脱的当代屈原：黑瘦，憔悴。他耳背，我需用大嗓门才能与他交谈。他艰于行走，衰弱到坐也困难，只能侧卧在床上，抽着烟，与我交谈。但是，他记忆力很好，思路清晰，说话直来直去，锋芒毕露。说到苏北的施耐庵文物、史料，他说："全部是假的！施耐庵子虚乌有，连影子都没有。"说起盐城的一位老学者，他说："那是三家村的学究，根本不懂什么，他提供的施耐庵的曲子，是今人的伪造。"我说起京中一位著名研究古典文学专家关于《水浒传》的观点，他冲口而出："此人专门胡说八道！"他的这些看法，我不敢苟同，当然也无需与他争辩，于是聊别的。说起我在"文革"中被戴上现行反革命分子帽子，监督劳动了7年，他叹了一口气，说："唉，你还不如我呢。我坐牢也好，在北大荒劳改也好，都是倒霉的家伙在一起，大家平起平坐。你在群众眼皮底下，日子不好过了。"又说起让他烧饭，他何尝烧过饭？结果呢，他苦笑着说："妈的，我烧出了火灾，把房子都烧了！只好去坐牢。"他指着夫人说，"平反以后，我们都落实了政策，都是全国政协委员。"说着，眼神里流露出几分欣慰，几分自豪。临别时，他分别送我和许敏一本刚在香港出版的旧体诗集《三草》，郑重地签名留念。没想到，头一次见聂老，竟成永诀。坦诚、正直、善良，目光炯炯有神，似乎是永不熄灭的火炬，这就是聂老留给我的深刻印象。

　　人生在世，总有弱点。我深知自己性格中的一大缺憾，便是孤傲，对于任何一个活人，我都不会崇拜，哪怕他名满天下。这就导致我常常会与一些名人失之交臂。最遗憾的是，书法家康殷（大康）与我同住方庄，他喜欢我的杂文、随笔，我托朋友送他一本，他读后很高兴，很快托人送来他签名的赠我的《文字源流浅说》。以后我又送过他一本杂文集，他托朋友捎话给我，说有本书要送我，希望见面详谈。但是，阴差阳错，主要是我疏懒，在康殷生前，我竟未能与他见上一面。直到友人告知我他的噩耗，并说临终前三天，他还向朋友问起我，我追悔莫及。追悼会那天，我扶病赶往八宝山，带了照相机、摄像机，将他的遗容永远留存。我直到康殷入殓，目送灵车驶向火化场，从视野中消失，才拖着沉重的脚步，离开八宝山。与朋友的一面之缘，竟在朋友的身后，每念及此，都令我黯然神伤，惆怅不已。

贵在苦相思

百花文艺出版社出版了一套《杂谈与漫画丛书》，其中有老漫画家方成的文、画《画外文谈》，读来喜不自胜。方成在"自序"中说："杂文和漫画，两者一文一画，性异而志同，体型又一般大小，怎么看都更像是情人一对。我曾为不少杂文配过漫画，好几位杂文名家出书也要我画漫画作陪，以联袂面世而后快，可见杂文和漫画两者都有相思之苦。"语调幽默，读来令人忍俊不禁。但是，切勿将此误作俏皮话，透过闪烁着睿智火花的背后，方成分明道出了杂文、漫画创作的神髓。

很难设想，一个有成就的漫画家，没有杂文头脑：宇宙之大，苍蝇之微，饮食男女，沧海桑田，政风世风，阿Q团圆……无不在他的视线中，解剖刀下。只是漫画家的解剖刀是辛辣、幽默的漫画，杂文家的解剖刀是辛辣、幽默的短文。唯其如此，某些杰出的漫画家——已故的如丰子恺、叶浅予、张光宇——都是写杂文的好手，或者说文字中洋溢着杂文气息；今人如丁聪、方成、韩羽，也莫不如此。

　　方成的《画外文谈》，收有短文80篇，我以为大部分都是很好的杂文，《一种公家事》《中国特色的高消费》《活菩萨》《窦尔墩卖瓜》《画上帝》《探雷》《文革的自由》《洋衣炮弹》《武大郎开店》等，一看题目，就让人感到，非杂文高手，怎么能想出这样绝妙的话题？至于优秀杂文家笔下的深邃、幽默，对于方成来说，用一句俗极了的民谚来形容，那就是：鼻涕淌到嘴里——挺顺溜。他在《求财》一文中，列举现实生活、特别是政治文化领域中种种迷信现象后，笔锋一转，写道："现在不知是否还有人相信，没有健全的民主会有健全的法制和有效的民主监督，也能建成社会主义社会。"这难道不是对危害甚大的特种迷信的一针见血之论吗？我想，即使执杂文牛耳的严秀老爷子、牧惠老兄，见此也会击节者再的。至于幽默，更是方成的拿手好戏。在《城市美化师》一文中，他开头第一句是："越来越不爱当老头儿了，可又不得不当！"真是一露头，就有彩头。然后写自己因年迈，记性差，出门购物，只得先写在纸条上，上街后，"这张小纸条就会告诉我缺的是什么，什么是要买的。"可是，他走进商店，常见到处贴着标语，上面写着"文明经商"，"礼貌待客"，"百拿不厌"等等，"但是也常见到的却是冰冷的如霜的面孔，爱理不理的态度。有的商店虽然没贴什么标语，售货员服务态度却比那贴标语的强得多。由此使我联想到我那张购物小纸条，也是缺什么写什么的。"这最后两行字，信手反拨，可用一字评曰：妙！

　　幽默、开朗的方成，有没有悲凉、无奈的时候呢？当然也有。譬如，我就听他说过，有人整了他的一份材料，在国内到处散发。这固然无损他的一根毫毛，但他对"文化大革命"结束已20多年，仍有人念念不忘"四人帮"的看家本领整黑材料，不能不感到悲凉。这还是小焉矣哉，最发人深思的是，广东的老漫画家廖冰兄很久没再画了，说："漫画没用！"方成闻之也喟然叹曰："漫画作为社会评议，一幅画一用再用，对所评问题毫无效果，可见没起作用。"其实，这样的悲凉、无奈，何尝不是杂文家的内心独白？即以不才而论，坦白地说，也常作此叹，更每有好友相劝曰："你就当你的史学家不是蛮好嘛，何必冒风险再去当杂文家？贪官污吏才不看杂文呢！"近日我发表抨击皇帝意识、皇权主义思想残余的杂文《另一种"扫黄"》后，连我们家的老婆子看了都说："你胆子够大的！有啥用？"但是，无论是漫画家，还是杂文家，依然笔耕不辍。何以故？因为他们挚爱祖国、人民，如果用大诗人闻捷的名句"像白云眷恋蓝天，像月光迷恋海洋"来形容漫画家、杂文家的这种深情，是再真切不过的。正是源于对祖国、人民的苦相思一般的爱，才会驱使他们"位卑未敢忘忧国"，对寄生在国家肌体上的大、小毒瘤，对国民性深处的溃疡，反复针砭，痴心不改——尽管前进的道路上有险滩、急流，甚至有地雷，但无论是方成，还是别的同道，又有谁畏缩不前呢？我以为，这正是漫画家、杂文家的人格魅力所在。在一次杂文家的便宴上，著名杂文家邵燕祥兄对我们说："文艺界常常你踩我，我踩你，只有杂文家是互相关照的。"诚哉斯言。当时，丁聪、方成也在座。他们是真正的杂文家的好友，不仅事业上合作，而且久不见面，就会如此"苦相思"的。事实上，杂文家陈四益与丁聪合作已逾10年，人称"黄金搭档"；杂文家舒展的文章，每有方成插图；我与漫画家叶春扬也已愉快地合作了三年。

贵在苦相思！愿漫画家、杂文家这对好兄弟永远齐头并进。作为后学，我更衷心祝福方成老而弥坚，画出更多的漫画，写出更多的杂文来！

《腕儿》联想

读陈四益的《腕儿》，使我想起不少往事。我们都是复旦校友，他比我低两届。但四益在话剧《红岩》中有声有色地先扮演许云峰，后改演甫志高时，我还在历史系读研究生，而且复旦话剧团的台柱之一、扮演特务头子徐鹏飞的董力生，是我同窗，在攻读中国近代史。当年《红岩》在复旦登辉堂首演时引起轰动的热烈场面，至今仍历历在目。

熟悉中国戏剧史的人都知道，洪深、余上沅等教授扶植的复旦剧社，曾在话剧舞台上活跃于一时。复旦剧社成员、中文系的高材生凤子，后来成了著名戏剧家。赵景深教授特别欣赏她，给她的试卷批105分，真是打破常规。陈望道校长、杨西光书记对复旦剧社的鼎力支持，更是复旦人难以忘怀的。复旦剧社隶属于学生会，经费很少，根本不可能排演大型话剧。陈校长知道后，捐出他的名著《修辞学发凡》的稿费。杨西光无论是在当复旦的党委书记，还是调任上海市委担任要职后，对复旦剧社都一直很关心。复旦排演《红岩》时，著名导演杨村彬就是由他亲自打电话邀请，来复旦执导的。我离开大学教席，走进研究机构，已经19年，对目前大学校园生活相当隔膜。像陈望道那样的学术泰斗、杨西光书记那样的领导干部，能热忱关怀、支持学生剧社的，不知是否后继有人？遥望浦江，不胜怅然。

时下的腕儿，大大小小、真真假假，令人目眩。相当一部分人，站在名利的最尖端，但并不自重。对着麦克风假唱者有之；临场罢演，使组织演出者急得要上吊，观众等傻了眼者有之；保镖左右护持，俨然小国酋长，一脸装模作样者有之；自称"娘娘千岁"，偷税，赖账，公然赏给观众耳光，在回忆录中把肉麻当有趣者有之；学领袖模样，却向灾区伸手捞钱脸不红，心不跳，事后还振振有词者有之，如此等等。这与我在复旦求学时见到的演艺明星们，是多么的不同啊！一代名伶言慧珠，曾几次率戏校师生来复旦演出，一张入场券才几角钱，有一次是赵景深先生请来义务演出的，分文未收。海报还是不才所作，我画了一朵很大的红牡丹。那天天气炎热，我在后台，看到言大姐穿着汗衫，对镜化妆，脸上淌着汗，既无电风扇，更无人替她打扇，她却笑容可掬。她堪称是真正的红牡丹！白杨、秦怡、孙道临、陈述、王蓓、胡庆汉等都到复旦演出或朗诵过。每年的元旦晚会，都少不了上影著名演员的身影。陈述演唱的《教我如何不想她》，表情凝重，似乎是肝肠寸断，而歌词却是"天上飞着飞机，地上爬着蚂蚁，蚂蚁爬上我的头皮，啊，教我如何不想她……"真让人笑掉下巴！胡庆汉朗诵的高尔基的《海燕》感情奔放，激昂处，似穿云裂石，撼人心弦。他们多半从市区坐一个多小时的公共汽车来复旦演出，从不摆谱。还值得一提的，按时下标准，赵丹应当说是超级大腕，或特级天王巨星了吧？拍《为了和平》时，他为了塑造好闻一多先生的形象，曾特地到历史系教室听周予同教授讲课。他很随和，同学们也视他如常人，无一人起哄。对今天如痴若狂的追星族，我百思不得其解：配吗？值吗？呜呼！

如果称颂赵丹、白杨、言慧珠、孙道临等表演艺术家是高山、大河，当前演艺界某些腕儿，不过是小土堆、小水沟，而且土堆上杂草乱长，水沟里漂浮着异物。"文化大革命"时曾大肆讨伐今不如昔论，其实，在我们史学家看来，历史上今不如昔的现象何其多也。就说前述腕儿吧，无论是艺还是德，比起他们的几十年前的前辈，不是道道地地的今不如昔吗？"无可奈何花落去"，燕子何时才归来？难矣哉，恐怕是没戏了！

采石情思

正是"杂花生树，群莺乱飞"的江南"暮春三月"，我踏着当年大诗人李白的足迹，来到了安徽当涂采石矶。

在我看来，天下群山的名称，再没有比采石更动听的了。是的，在史籍上，关于采石名称的由来，记载并不一致。《寰宇记》谓："牛渚山突出江中，谓之牛渚圻。山北谓之采石……商旅于此取石，至都输造石渚。故名。"但是，古老传闻，说三国东吴赤乌年间（239～249），牛渚山上的广济寺，出土一块采石斑斓的石头，名震遐迩，从此山名就叫做采石了。究竟哪一种说法对？对此，我并不想考索。还是让这古老动人的传说，长留于天地之间吧，因为它更使山河增辉，也更易使翻腾着五彩缤纷的历史的潮水，涌向采石，涌向人民的心扉——那一幅又一幅关于采石的历史画面，是那样的绚丽多姿。

当我在巍峨壮丽的"太白楼"中，久久端详着神采飘逸、手持酒杯邀明月的李白的雕像，在李白衣冠冢前低徊凭吊，在"峨眉亭"中放眼远眺烟波深处秀如眉黛的天门二山，在"联壁台"上摩挲因长年风化业已斑驳难辨的石刻，在悬崖峭壁上的茶馆里临窗俯览滔滔长江向东北奔腾而去，在"三元洞"口聆听江涛的轰鸣……

明朝初年的著名才子解缙，在畅游采石时，曾经发出这样的慨叹：

> 采石矶头过，浩歌歌北风。
> 英雄争战处，今古有无中。
> 李白犹青冢，桓温失故封。
> 五通遗庙在，陈氏拜郊宫。

这是采石历史的缩影。看采石矶下惊涛拍岸，想千百年来悲壮历史，我仿佛听到了历代在这里征战的金戈铁马声，看到了那些千古风流人物的身影：东汉末年，威武盖世的孙策在这里渡江猛攻扬州刺史刘繇的牛渚营，大获全胜；其后，他的"碧眼紫髯"的虎弟孙权，特派英姿勃发的少年周郎屯兵于此，战旗猎猎，鼓角相闻；梁朝那个不可一世的侯景，统帅大队人马，从这里匆匆渡江，扑向建康（南京）；北宋勇而有谋的大将曹彬从这里越江挥师，直取南唐，为统一大业立下汗马功劳；南宋抗金英雄虞允文，在这里指挥18000江东健儿，浴血奋战，击败南侵的金主完颜亮的40万大军；在元末农民大起义的漫天烽火中，骄横无远谋的陈友谅，冒着倾盆大雨，迫不及待地在这里的五通庙登上帝位，称孤道寡；朱元璋部下勇冠三军的猛将常遇春，身先士卒，从这里拔江而起的绝壁上，攀藤附葛而上，杀得元军落花流水……

大江东去浪千叠，冲走多少风帆，多少落日，卷去多少旗鼓征尘，流尽多少英雄碧血，浪淘尽多少风流人物。

在李白的衣冠冢前，我低声吟哦着解缙的"李白犹青冢"的诗句，遥望南天青山之阳李白的埋骨之所，回想诗人的坎坷生平；唐代另一位大诗人白居易在这里写下的《李白墓》一诗，是这样令我浩叹不已：

采石江边李白坟，绕田无限草连云。
可怜荒垅穷泉骨，曾有惊天动地文。
但是诗人多薄命，就中沦落不过君。

这是对中国古代诗坛中一代天骄李白潦倒一生的真实写照，悲愤的挽歌。虽然，历史的长河无情地横隔在我们与白居易之间，无法与他一起凭吊李白，共同诉说这位"笔落惊风雨，诗成泣鬼神"的大诗人的种种不幸。但是，透过白居易的沉痛诗句，我仿佛听到了他在李白墓前沉重的叹息声。

李白生于碎叶，自幼入蜀，长成后又辗转南北，漂泊一生，晚年流徙到采石。采石有幸，这里曾是李白吟风弄月、临江讴歌的流连忘返之地；他深爱这里采石一般的山水，眷恋这里松柏苍翠，月白风清。他激情地在诗中赞美"海潮南去过寻阳，牛渚由来险马当"，歌颂了采石形胜的险要。但是，在唐代天宝年间，蔑视权贵而怀才不遇的李白，站在风景如画的采石矶上，望着东逝的流水，不能不触景生情，发出"一水牵愁万里长"的无穷感慨。他不能不想起正是在这个采石矶下的江面上，东晋的镇西将军谢尚，在一个月明星稀的秋夜里泛舟赏月时，忽然听到江中租船中的贫民袁宏在朗诵《咏史诗》，十分赞赏，立即邀请袁宏到船中畅谈到天明，对他大力奖掖，从此袁宏驰名文苑……可是，当代的谢尚安在哉？自己的境遇与袁宏相比，又岂可同日而语！抚今追昔，他情不自禁地吟成《夜泊牛渚怀古》的诗句：

牛渚西江夜，青天无片云。

登舟望秋月，空忆谢将军。

余亦能高咏，斯人不可闻。

明朝挂帆席，枫叶落纷纷。

"枫叶落纷纷"！它仅仅是描写暮秋时枫叶凋谢的情景吗？不，它形象地勾画了李白在当时社会中的状况。在黑夜沉沉不到头、等级森严的封建社会里，有多少杰出的人才默默地凋零，像落叶纷纷，化为尘埃。在世界文学之林中也占有重要位置的天才诗人李白，最后的结局竟然在采石附近贫病交困而死，其他的人才，又何堪再说？——如果采石有知，江水有情，大概也会为痛惜李白在这里寂寞逝去，而青山敛容，涛声呜咽吧？

我在"然犀亭"中沉思。民间传说：东晋的谋臣、名将温峤在平定苏峻之乱后，来到采石，听人说矶下水中多怪物，温峤决心看清这些怪物的嘴脸。于是，他燃起犀角照之，只见各种奇形怪状的妖孽，在水下乘车骑马，张牙舞爪。温峤见后，不久即瞎了双眼，发病而死。

这个神话一般的美谈，似乎曲折地反映了这样一个道理：在旧世界，形形色色的妖魔无处不在，即使在江中，也少不了它们的魔影；在当时的历史条件下，要真正识别人间的妖魔，谈何容易！敢于燃烧犀角照妖的温峤，其勇气可佩，他为此捐躯，更值得后人钦敬。而当年迫害李白的李林甫、高力士之流，不正是一伙地地道道的人妖吗？可惜，虽才华横溢如李白，也还不能对这伙人妖燃犀角照之；即使燃犀角，也不可能洞察他们丑恶的本质。这真是个莫大的历史悲剧。

三峡情思

　　春末夏初，我应邀出席"奉节与三国文化讨论会"，得以畅游三峡，看浩浩长江，如万丈巨龙，沿着如画似梦的秀丽峡谷，蜿蜒而去，禁不住思绪万千。

神女无恙

　　山峡两岸群山起伏，势若龙蛇，翠峦叠嶂，云雾缭绕。快艇在浩荡的江面上飞驰，目迷秀色，美不胜收。乃戏作打油诗一首，曰：长江本是昆仑汉，行至夔门顿瘦腰。神女难销英雄气，千古依旧浪滔滔！

　　虽说诗无达诂，但"神女难销英雄气"，实在令我惆怅。是的，巫山神女峰朝朝暮暮，在彩云岚气中，伫立江畔，迎朝晖，送晚霞，看不尽长江滚滚去，无数英雄竞折腰。可是，当年隐约可闻的引起她一怀愁绪的猿声，早已随风而逝；那夜来催她入梦的阵阵松涛，也随着对林木的滥砍滥伐，成了消失在茫茫银河的昨夜星辰；不知从何时起，她最赏心悦目"遥看天际碧水来"的长江，变成了黄水翻滚，一片片垃圾随波逐流……

"神女应无恙"——愿象征三峡之美的神女峰无恙；愿三峡再现高林茂密、群猿长啸、江水清澈的生态平衡。人类和大自然的和谐之美，才是真正的大美。

夔州思古

奉节这座具有2000多年历史的江城，古称夔州。这儿曾停泊过多少民族文化的巨人之舟，曾牵动过多少人的思古幽情！

刘备为报情同手足的关羽被杀之仇，而亲率大军伐吴，惨败彝陵，退守白帝城的故事，几乎妇孺皆知。历经沧桑，无声的历史尘埃，早已埋尽白帝城上刘备当年的宫室行辕、旗鼓画角，但是，今日的白帝城依旧屹立于蓝天白云下，刘备曾经千百次"凭栏处，潇潇雨歇"的群山依旧，夔门依旧，日夜奔流不息的长江涛声依旧。不管您是谁，登上这白帝城，看夔门拔江而起，就会遥想刘备当年，南征北战，叱咤风云，与曹操、孙权鼎足三立。我在白帝城上的白帝庙前，看到一棵高达数丈的合欢树，正盛开着，灿如云霞，似乎在数说着当年的"金戈铁马"往事……

奉节又名诗城。诗仙李白的《早发白帝城》，虽三尺童稚，也会高声吟咏。大气磅礴、豪情万丈的诗句洋溢着诗人欢乐的情怀。乾元三年（759年），李白在长流夜郎途中，行至夔州白帝城时，忽然遇赦获释，回到江陵。兴奋、愉悦、重获自由之情在他的笔下奔腾而出，一泻千里；更使奉节人引以为豪的是，诗圣杜甫曾在奉节的青山绿水间，居住达一年零八个月之久，写诗达437首之多。虽然岁月的江河，已经流淌了1000多年，但杜甫所描写的奉节山川风貌、田园景色，仍依稀似旧年。

李、杜去后有来者，白居易、刘禹锡、王夫之、郭沫若等古今著名诗人，都在奉节留下了屐痕处处、不朽诗篇。穿过历史的隧道，让我们在奉节与李白、杜甫、刘禹锡等诗翁同酌、共咏、共舞，这是何等的赏心乐事。

刘备托孤

在襄阳古隆中的诸葛亮草堂墙壁上，我仔细欣赏了砖雕"刘备托孤"。刘备头扎白带、满脸病容、强撑着衰迈之躯，跪于榻下的刘永、刘理诚惶诚恐，诸葛亮满脸憔悴，这些令我的思绪穿过1000多年的历史隧道，仿佛亲眼目睹了刘备托孤那悲怆的一幕。

陈寿在《三国志·先主传》后评曰："先生之弘毅宽厚，知人待士，盖有高祖之风，英雄之器焉。及其举国托孤于诸葛亮，而心神无贰，诚君臣之至公，古今之盛轨也。"诚哉斯言！真乃知刘备者也。所谓"心神无贰"，不就是一心一意吗？"诚君臣之至公"，更是可圈可点。刘备打破正统，跳出常规，说如果阿斗不成器，扶不起来，你诸葛先生可以"自取"第一把交椅，也就是改朝换代，自己当蜀国的皇帝。无怪乎陈寿要伸出大拇指，盛赞这是"君臣之至公，古今之盛轨"了。

没有"英雄之器"，也就是英雄的胆识、气魄，刘备是不可能如此托孤的。天下英雄多矣，而临终如此托孤的，历史上也仅有刘备一人。虽然伐吴以大溃败告终，但他勇担责任，再不回成都，在白帝城安营扎寨，誓守国门。这显示了刘备生当人杰，死为鬼雄，与国门共存亡的壮烈精神。"非常人乃有非常之事"，他的托孤，实在是英雄行为。胡三省老先生为《通鉴》作注时，说"自古托孤之主，无如昭烈之明白洞达者"，不仅是摸到了刘备的脉搏，也是对历史经验的深刻总结。

辑二

请饮一杯屠苏酒

　　"爆竹声中一岁除，春风送暖入屠苏。千门万户瞳瞳日，总把新桃换旧符。"这是妇孺皆知的王安石的《元日》诗。"春风送暖入屠苏"，是说春风万里送暖归，屠苏酒喝得人们其乐也融融。

　　我国饮屠苏酒的历史很悠久。东汉崔实的《四民月令》即有"元旦饮屠苏酒"的记载。饮法很有讲究：年少者先饮，年长者后饮，最老者最后饮。这与传统的尊老爱幼、长幼有序颇不相符，可谓次序完全颠倒了。如何解释这种饮酒礼？宋人庄季裕说："如岁盏屠苏酒，自小饮至大，老人最后，所余为多，则亦有贪婪之意。"（《鸡肋编》卷中）这种解释，大煞风景，与实际风马牛不相及也。据《时镜新书》记载："晋海西令问董勋曰：正旦饮酒先从小者，何也？勋曰：俗以少者得岁，先酒贺之，老者失岁，故后饮酒。"原来，是以得岁、失岁为序，这是多么合理，并洋溢着浓浓的人情味啊！这在许多诗人的大作中，均有描述。刘梦得、白乐天元日举酒赋诗，刘云："与君同甲子，寿酒让先杯。"白云："与君同甲子，岁酒合先谁？"白乐天还有《岁酒内命酒篇》云："岁酒先拈辞不得，被君推作少年人。"顾况感慨年华易逝，人生苦短，眼神里流露着无限羡慕，把屠苏酒让给拥有未来的少年："不觉老将春共至，更悲携手几人全，还丹寂寞羞明镜，手把屠苏让少年。"成文干则带着无可奈何岁月去的神情，感叹道："戴星先捧祝尧觞，镜里堪惊两鬓霜。好是灯前偷失笑，屠苏应不得先尝。"倒是苏东坡老先生想得开，他在《除夜野宿常州城外》中，高声吟哦："但把穷愁博长健，不辞最后饮屠苏。"（《坚瓠戊集》卷二）如此通达，非生性磊落、胸怀博大者不能为也。

古人如此重视屠苏酒，此酒究为何物？这是个人言人殊的问题。有人认为，屠苏是名医孙思邈的庵名，故其辟疫之药，能"屠绝鬼气，苏醒人"。明朝学者郎瑛认为此说"误矣"，正确的解释应当是："屠苏，本古庵名也。"还有人认为："苏魄鬼名，此药屠割鬼爽，故名。"（《本草纲目》卷二十五）此说太玄乎，难以置信。尚有他说，不妨存而不论。

屠苏酒的配方是什么？这是酒史研究者的热门话题之

一。前几年，有位学者曾断言，此方在中国文献中已失传，只能从日本的古籍中去查找。此言差矣！郎瑛谓："大黄、桔梗、白术、肉桂各一两八钱；乌头六钱，菝葜一两二钱。……剉为散，用袋盛，以十二晦日日中悬沉井中，令至泥，正月朔旦，出药，置酒中煎数沸，于东向户中饮之，先从少起，多少任意。"（《七修类稿·辨证类上》）显然，这个记载是够详尽的了。《本草纲目》卷二十五引陈延之《小品方》，也载有屠苏酒的配方，且与郎瑛所述大同小异。

屠苏酒的药物构成及制法，都比较简单易行，故古人才会那样风行。建议酒厂及有兴趣者，恢复生产屠苏酒。若然，在一年一度的万象更新的元旦，我们能够像先辈们那样，团团而坐，由少及老，道声：请饮一杯屠苏酒。不亦快哉！

螺蛳经

　　常言道：家家有本难念的经。不过，我家的这本经倒是个例外，这就是——螺蛳经。

　　螺在水族中是个大家族，名目繁多，而螺蛳是淡水螺的通称，其中包括田螺，一般较小，但个别的也有大如鸡卵者。不才生于苏州，其后又在建湖水乡及上海生活过几十年，螺蛳乃常见之物，价格便宜，故常在寒舍的饭桌上出现。犹忆儿时，夏天爱至河中、水沟内摸螺螺——此土话也，也就是摸螺蛳——冬天农夫积肥，把河底的淤泥罱到岸上，不用半天，淤泥上便爬满了螺蛳，我和小伙伴们便嬉笑着将螺蛳拾回家，养在放淘米水的盆中，让它爬来爬去，慢慢地吐尽泥沙。食法大体是三种：红烧、做汤或煮熟后拌上细盐、糖霜，味皆鲜美；上海黄河路口的一家食店，每年春季，用青浦的大田螺，剥掉螺盖，塞进肉米红烧，更是清香醇厚。至今每一思此，不禁食指频动。

　　先民们早在渔猎时代，就视螺蛳为美食，不过当时生活水平低劣，食法自然极简单。随着文明的蒸蒸日上，烹调螺蛳的手艺越来越高明，终于使螺蛳成为珍馐百味中别具一格的佳肴。明初的大画家倪云林，喜食田螺，食法是先将螺洗净，泡在砂糖水中，然后再洗净，"以花椒葱酒再淹鸡汁中爨"。如此讲究，其味之鲜可想而知。清代的南京，更风行吃螺蛳，据时人甘熙的《白下琐言》记载："青螺蛳肉为羹，味甚鲜美。皇甫巷旧有卖糖醋田螺者，称为绝品。"但是，像任何一种食品一样，不同文化层、不同生活圈的人，对螺蛳的看法往往迥异。宋代学者周密的《癸辛杂识》曾载："丞相番阳马公廷鸾……家素贫，少年应南宫试，止草履襕被。一日，道间馁甚，就村居买螺蛳羹，泡蒲囊中冷饭食之。"这本来是肉食者马廷鸾老先生未发迹时的一段佳话，但不料某些自命高雅者，竟将螺蛳羹视为劣等食物之尤，久而久之，便形成流传至今的民间之语"螺蛳羹饭"，其涵义，清代学者翟灏的《通俗编·直语补证》解释得最为贴切："猥鄙之食也。俗以人琐屑觅取财物，曰寻螺蛳羹饭吃。"真是贬到家了！这是当年的马廷鸾做梦也不会想到的。

显然是螺蛳与南方水乡人民生活非常密切的缘故，在浙江一带，螺蛳是俗文学中的重要角色。至今民间还流传着螺蛳精——一位勤劳、朴实、善良、美丽的农家少女化身——

的种种故事，如：很多人家的切菜刀，忽然都锋利锃亮，大家心里明白，这都是助人为乐的螺蛳姑娘磨的。佛家的信徒们，非常同情螺蛳被食者挖肉剁屁股的惨痛遭遇，劝人勿食，买回放生，以期有朝一日，能在佛爷身边终成正果，拈花微笑。在这种阿弥陀佛思想的影响下，便出现了叫"螺蛳经"的儿歌，到处传唱："螺蛳经，念把众人听，日里沿河走，夜里宿沙村。撞着村里人，缚手缚脚捉我们。九十九个亲生子，连娘一百落汤锅。捉我肉，把针戳；捉我壳，丢在壁角落，鸡爬爬，响角碌；玉皇大帝眼泪纷纷落！"（郑旭旦《天籁集》）读了这首生动的儿歌，你会情不自禁地觉得螺蛳真是太可怜了！

但人类也有非常可怜的时候，可怜到人比螺蛳瘦，甚至横遭涂炭，命归黄泉。这在童谣中也有反映。遥忆40年前，我还在乡间的三家村上小学，每当春风吹绿了杨柳，我们便在放学后，到田间挖野菜喂猪。等篮中快要装满野菜之际，小伙伴们便随手捡起一点螺蛳壳，埋在小土堆中，然后一边唱"编罢编罢螺螺，螺螺吃了回头草，带住江南往北跑"，一边让一位早已被令背过身去的小朋友，再掉过身来，猜螺蛳壳埋在两三处小土堆中的哪一堆，如猜中，则奖给一篮野菜，未猜中，则要拿出自己的篮中野菜。当时，我们并不知道这则童谣是什么涵义，后来问老年人，才知道这是江南人往江北逃难的；待长大，读了一些盐城的家谱，才知道明初有不少苏州人被政府武装押送到苏北盐城一带开荒，这首童谣就是从那个时候开始流传的，反映了人们对故土江南的眷恋，被强迫背井离乡的痛苦。我的一位老乡陈衡志先生不久前还专门写了《淮东旧闻新录》，谈"洪武赶散"，考释这则童谣的来龙去脉。其实历代战乱，人民转徙沟壑，在大江南北逃来逃去，其惨痛，如早在五代时就流行的俗语"离乱人不及太平犬"，真可谓一语道尽了。

话《书话》

　　我国历史悠久，并且首先发明了印刷术，历代所印之书，总数虽不可确考，但以一人之力，终其一生所读之书，也不过是存世之书之九牛一毛而已。让人纳闷的是，历代读书人写读书后心得的书很多，甚至从东汉起，专门有"书后"的文体，韩愈、柳宗元集中屡见之，后人仿效者不少，明代名士王世贞更著有《读书后》八卷（按：前贤郭沫若、钱穆引《读书后》，均在"读书"下加逗号，将"后"字与下文联属，不知《读书后》乃书名，此亦一时疏于查考所致也）。但是，这类书与诗话类题材有别，更与近代的书话有很大不同。

　　从严格意义上说，书话是从20世纪30年代兴起的，其中最为读者熟悉的是郑振铎的《西谛书跋》、阿英的《阿英书话》、唐弢的《晦庵书话》。在郑振铎110周年诞辰时，中华书局重新编选郑先生的书话文字，印成《漫步书林》，堪称郑振铎书话精华。1996年，北京出版社出版了姜德明主编的《现代书话丛书》，除《阿英书话》外，另有《鲁迅书话》《周作人书话》《郑振铎书话》《巴金书话》《唐弢书话》《孙犁书话》《黄裳书话》。就我而言，20世纪五六十年代在复旦大学历史系读本科、研究生时，鲁迅、阿英、郑振铎、唐弢的书话，深深启迪了我。鲁迅的名文《买〈小学大全〉记》，使我感受到了清代文字狱的血腥，此文我反复读过好几遍。郑振铎的《西谛书跋》，丰富了我的目录学知识。阿英的《小说闲谈》对研究明代文化，特别是社会生活，有重要的参考价值。1961年，唐弢在《人民日报》副刊上连载《书话》，虽属千字文，但文笔清新，我每篇都必看，增加了现代文学史的知识。后来结集出版，我买了一本，爱不释手。所谓书话，无非是有关书及著者的种种话题。这些书话类作品，受到包括我在内的读者的欢迎，我想根本的原因，是因为这些书都是学者作家化或作家学者化的结晶。

单就郑振铎、阿英、唐弢而论，郑先生是中国文学史的权威、藏书家，也是文学家；阿英先生是中国近代文学史专家、藏书家，也是文学家；唐先生是中国现代文学史专家，也是有"鲁迅风"之誉的杂文家。因此，他们写的书话，信手拈来，道人所未道，文字简洁，甚至文采斐然，读后不仅增加学养，也因文字娱目而感到愉悦。这几本书无疑是传世之作，书话这种文体，也必将传承下去，并发扬光大。

正是本着传承书话文体，我主编了《书话文丛》。诚然，先贤们的学问成就、文学业绩，我辈难以企及。但是，加盟本文丛的作者都既是学者，也是作家。王学泰不仅是研究中国古典文学的学者，也以研究游民及江湖文化驰名学界，并写了不少杂文、随笔；李乔是研究中国行业神的专家，有专著行世，并以大量的杂文、随笔活跃于文坛；伍立杨对中国近代史，特别是民国初年的政治史，有深入的研究，出版了有影响的专著，更以散文家为读者熟知；赵芳芳虽没有以上诸位的名气，但从她已出版的散文随笔集《一花可可半梦依依》《朱颜别趣》以及收入本文丛的新作来看，她不仅饱读诗书，且文字温润，似潺潺流水，她写的书话，别具风格，使人耳目一新。知识性、可读性是书话的命脉。就此而论，我敢说，本文丛是与前辈们的书话一脉相承的。

又是秋深蟹肥时

西风渐紧，已是重阳。遥忆童年，在老家建湖县水乡，这时的螃蟹，一个个"膀大腰圆"，最大的，蟹壳有小碗口那样大，两只就将近一斤。煮熟后，它的"黄"呈金色，香气诱人，蟹腿只需咬断两头，用嘴一吸，肉便入口，不需佐料，五味俱全。蟹豆腐更是美食中的一绝。家母将蟹洗净，撕碎后，在盆中捣烂，然后用清水在麻布上将蟹汁过滤至盆中，再倒入锅中，用文火煮，不一会儿就凝固起来，捞出，切成块状，便成了蟹豆腐。倘做汤，将蟹豆腐倒进锅中，加水，煮沸后，放些韭菜，宛如翡翠拥白玉，真正是色、香、味俱佳，而其鲜美更是无与伦比，今日思及，不禁食指频动。

其实，吃蟹时鲜美可口的感觉，远不及捉蟹时的兴趣盎然、时有惊喜。那时的故乡，还没有"旱改水"，也就是把一年只收一季稻、全年泡在水里、俗称沤田的水田，改成稻、麦二季的旱田。走在田埂上，四面皆水，如临泽国。水田里有太多的螃蟹。夏末秋初，稻子还没有成熟，螃蟹却渐渐长大了。在田埂上，螃蟹们打了很多窟，在窟中安居乐业。抓这样的蟹太容易了：扯一把青草，塞在窟口，再糊上烂泥，不消几分钟，蟹因窟中空气稀薄，艰于呼吸，便会爬至窟口，而且多半已昏昏然，"不知今夕是何年"，逮住它，真是不费吹灰之力。但是．如不小心，扯断了蟹的一只脚，这个窟就再不会有蟹钻进去；反之，就仍会有新的蟹入户此窟。田埂上有无数蟹窟，但究竟哪些窟中有蟹？学问可大了！全凭仔细观察后积累的经验。童年的我们，对此是保密的，各有各熟悉的，几乎十拿九稳的蟹窟。也正因为如此，家乡流行过这样的歇后语："熟窟好括（俗字，掏、抓之意兼而有之）蟹"。放学回家，我和小伙伴赤足走在田埂上，不时抓几只蟹回家解馋，真乃其乐融融。

又是秋深蟹肥时！但是，由于生态环境的变化，故乡的稻田里，早已没了蟹的踪影。回首往事，不禁怅然久之。

书桌平静又一年

　　身在书斋，聆听着历史前进的足音，我的第一个感觉就是：书桌平静又一年，这多么美好！

　　我喜欢话剧，但管窥所及，被感动得泪湿青衫的，也只有一次。那是1955年，适逢反法西斯战争胜利10周年。当时我考入复旦大学历史系不久，具有光荣传统的"复旦剧社"，演出戏剧大师田汉先生的名作《保卫卢沟桥》。当北平的大学生们跑到宛平驻军吉星文团长的面前，痛哭失声地说：华北之大，却放不下一张平静的书桌，请求你们保卫北平，保卫华北……看着这感人肺腑的一幕，我和很多同窗，都止不住激动的泪水。是的，一张书桌有价，而一张平静的书桌无价，它浸透着多少人的血与泪，是多么来之不易。

　　抗战方兴，我正值儿时。1942年秋，我在江苏盐阜抗日根据地办的新式小学入学。日寇、伪军下乡扫荡时，大人们忙着跑反，学校也只好关门。现在我还清楚地记得1941年春，日伪军扫荡我的老家蒋王庄的情景。我亲眼看到伪军猛抽蒋家姐姐的耳光，抢走她的金耳环；日寇打着"膏药旗"，耀武扬威……谁说"少年不知愁滋味"？每当跑反，我又要告别小小的书桌几天，我的心中充满惆怅。我还听大人们说，离我们村只有十几里路的，方圆几十里内最高学府海南中学，敌人扫荡时，该校师生坚壁清野，将书桌压上石块，沉到河里去，敌人走后，再捞起来上课。当时流行一个现在和平时期年轻人难以理解的名词——"游击教学"。显然，这正是游击战争环境下的产物。

　　八年抗战期间，百姓流离颠沛，辗转沟壑，痛苦万分，"离乱人不及太平犬"的古语，亦不足以形容其万一。我的那些老大姐、老大哥——也就是大学生们——的情形，又如何呢？1943年4月27日的《新蜀报》载有一条消息，照抄如下："昆明各大学学生伙食，每月二百卅元，计每日七元五角，可以在大饭店里吃面半碗。"生活之艰辛，可想而知。其实，教授们的日子也同样是度日如年。同年4月15日的《新华日报》载："武大教授有出典旧衣旧书过活者。据云某教授为节省起见，家中不举炊，每餐即购烧饼数个充饥。"著名的数学家苏步青先生，一家人常以地瓜果腹。如此说来，这些大后方的师生，疲于逃命的知识分子，则几乎不知书桌为何物了。走笔至此，不禁想起一件往事：1985年，正是反法西斯战争胜利40周年。我收到一位退休的高级工程师姚诗正老先生来稿《六十年见闻杂录》，后来我将此文编入由我主编的《古今掌故》第二辑。其中有一则的标题是"一日离家一日深"，文谓："八年战火中颠沛流离之苦，悲欢离合之情，有所不忍言之矣……大学毕业生某女士奉母命南奔，幸于桂林得一教职维生。1944年敌军进犯湘桂黔，随众逃至金城江，暂憩小饭馆中。难友谓之曰：余等将步行入川，君母老，将如何？女惨然无策，求众一代筹。乃谋之于店主，两三往返之间竟嫁与店主为妇，为母故也。"呜呼！若无战事，此女士在教课之余，当于书桌旁或备课，或夜读，或陪老母闲话，安能草草嫁作商人妇，屈居下流，成了小饭馆的老板娘？此时此地，书桌只能炊薪用，空叹知识贱如泥了！

抗战胜利至今的半个多世纪，就莘莘学子而言，除了三年内战期间外，就要数"文革"动乱时期，书桌最不平静了。在"十年浩劫"中，有多少正直、善良、无辜的知识分子，被迫离开书桌，被批斗，被变相劳改，被流放，被整死！殷鉴不远，我们是记忆犹新的。

所幸自1976年10月以来，广大知识分子的书桌，越来越平静。即以区区不才而论，每当我在宁静的书斋中，感到疲倦，想偷懒时，一想到往日恐怖的岁月，便会深深感到，书桌平静，殊堪庆幸！于是，我马上又到书桌旁，继续在书海里泛舟，不管是喧嚣的白昼，还是万籁俱寂的深夜……

书桌平静又一年，但愿年年能平静。更愿青少年们能珍惜平静的书桌，刻苦学习，今天弦歌一堂，将来成为国家的栋梁。

有福方读书

近读到清朝礼部尚书李端棻五言联一幅，联语谓："无欲乃积寿，有福方读书。"咀嚼久之，颇觉有味。"无欲乃积寿"，固属千真万确，"有福方读书"，更是金玉良言。倘我们回顾一下历史，并且自身有些阅历的话，就会深切地感受到，能够在平静的书桌上，自由地读自己想读的书，实在是莫大的福分。

我国宋代杰出的女词人李清照和她的丈夫金石家赵明诚，是一对读书迷，也是藏书迷。靖康大乱后，李清照被迫逃亡到江南，写过一篇名文《金石录后序》，诚如已故历史学家陈登原教授在《古今典籍聚散考》卷二"兵燹卷"中所述，"李清照所言，凄凉哽绝，至矣，尽矣。"李清照满怀深情地回忆天下太平时与丈夫在书斋中的情景："余性偶强记，每饭罢坐归来堂烹茶。指堆积书史，言某事在某书卷几第几页第几行，以中否角胜负，为饮茶先后。中即举杯大笑，至茶倾覆杯中，反不得饮而起。"可是，因金兵的焚烧，逃亡路上的丢弃，盗贼的掘壁偷窃，最终，赵氏夫妇的数万册藏书，只剩下"一二残零，不成部帙，书册三数种"。回首当年的丰富藏书，只能在梦中求之了。但尽管劫后残存的几册书，都甚平常，李清照"又复爱惜如护头目"。何故？因为李清照从切肤之痛中感到，这几本书还能幸存手中，是"离乱人不及太平犬"的物证，所经艰难困苦，非局外人所能体会。不言而喻，什么是幸福？当年李清照与赵明诚在书斋读书时的那份宁静、温馨，便是最大的幸福。

即以不才而论，幼年家贫，懂事、识字时，正值抗战军兴，所居又是穷乡僻壤，能够从乡邻处偶尔借到一本小人书、旧小说，便为之雀跃不止。1948年，我当时读小学五年级，同窗张达广兄，借给我两册70回本的《水浒传》，我连夜快读，母亲一再劝我入睡，也置之不理，老人家叹息说："看书把你迷到这种程度，唉！"直至灯油耗尽，才不免倍感遗憾地睡去。今天，书店里的《水浒传》随处可见，而且对多数少年来说，想买也唾手可得。可在当时，既无处买，也无钱买。至今我仍然对几十年前读《水浒传》的那个夜晚，记忆犹新：多么幸福，多么令我陶醉啊！

"十年动乱"中的遭遇，更使我没齿难忘。1971年，我被押往江苏大丰海滨的"五七干校"监督劳动。干校的简陋图书馆中，有一些经过严格筛选的革命书籍。我在劳动之余，半年中抽空读了《列宁家书集》《高尔基文选》《普列汉诺夫选集》等20多本书。可是，在年底的评审会上，一位负责的"女革命"却训斥我："你是反革命分子，读这么多书干什么？是不是想作为将来向党讨价还价的资本？"呜呼，夫复何言！读书无用论，尽人皆知，而读书有罪论，就知之者不多了。当然，即便是在那个人妖颠倒、知识无用论甚嚣尘上的年代，我也没有被这位"左"得出奇的女人所吓倒，返沪后，我利用一切机会，见缝插针读书。我深知：虽然我身处逆境，但毕竟还能读到一些书，我知足。作为一个倒霉的身在不福之中的"臭狗屎"，我还有何求？

　　我写这一些，无意向谁忆苦思甜，板着脸孔告诫他们非读书不可。我只是想告诉世人："有福方读书"，读书就是福。

藏书百态

古来藏书家多矣。固然，有一点他们是共同的，这便是：有钱。试想，早在明朝，宋版书就已按页论银子多少，若非腰缠万贯，又岂敢问津？即使普通一部线装书，也决非升斗小民所能拥有。因此，藏书家均富家；虽说有大富、小富之别，但是，人性的差别，本来就大于人与猿之别，藏书家的心态，自然也因人而异，大不相同。

清初大学者钱大昕在其名著《廿二史考异》卷首，自题像赞曰："官登四品，不为不达；岁开七秩，不为不年；插架图籍，不为不富；研思经史，不为不勤；因病得闲，因拙得安；亦仕亦隐，天之幸民。"此赞固然写出钱老先生亦宦、亦儒、亦隐的本色，优哉游哉，踌躇满志。但是，个中也不难看出作为一名学者、藏书家的恬淡心情。"插架图籍，不为不富"，他并不刻意追求藏书之多，有若干架书，就心满意足了，藏书纯粹是为了著书。他著述宏富，即使是今天，其《潜研堂全书》，特别是《廿二史考异》《十驾斋斋养新录》，仍然是文史学者的必读书。我以为，在古代藏书家中，钱大昕的心理状态是最健康的。

有相当一部分藏书家，将书视为金银财宝，想传之子孙，永葆永享。有的在家规中明文规定，凡子孙有将书出借、出售者，革出族门；有的在书上钤上印文：不准借出，违者非我子孙。真个是白纸红字，煌煌如也，一点也不觉得寒碜！一副守财奴的嘴脸，也就随之跃然纸上。此等土财主心态，实在有辱斯文，玷污了藏书。其实，他们哪里懂得，跟"百年土地转三转"一样，藏书家很少能将书传之百年的。无怪乎不著撰人的《自然集》中有一曲《倘秀才》曰："有一等积书与子孙，未必尽收。有一等积金与子孙，未必尽守。我劝你莫与儿孙作马牛。今日个云生山势巧，来日个霜降水痕收。怎熬得他乌飞兔走！"看来，《四库全书》的总纂纪昀是深悟此道的，他曾说：我死后，藏书散落人间，有人看后，很欣赏地说，这是纪晓岚旧物，也是个佳话，有什么好遗憾的？——看，文达公是何等的旷达！现在也有人想当文达第二或第三、第四，干一番千古不朽的大事，道德文章姑且不论，试问诸公有此心胸否？

管窥所及，有两个藏书家的心态，实在奇特。一个是钱谦益。他在《跋宋版汉书》中说："此书去我之日，殊难为怀；李后主去国，听教坊杂曲'挥泪对宫娥'一段凄凉景色，约略相似。"亡了一本宋版书，心情竟与李后主亡国相似，此话出钱贰臣之口，实在让人不敢恭维：书竟比江山贵重——须知明朝灭亡了，他倒无所谓，第一个在江南扯起降清破旗。另一位是文学家夏丏尊先生。他在《平屋杂文·我之于书》中写道："我常自比为古时的皇帝，而把插在架上的书，譬诸列屋而居的宫女。"蠢笨如我，连梦见"红袖添香夜读书"都不免受宠若惊，诚惶诚恐。而夏老夫子竟视藏书如皇帝视宫女，随时可以享用，这是何等气魄！前辈风流，足令我等后生小子感到惭愧二字的分量。

别了，太平花

　　最近，在大雪之后，我冒着严寒，重游故宫。在御花园东南隅，有个建于清朝顺治年间的绛雪轩，轩前的琉璃花坛里，有一片高大的灌木丛，在朔风中傲立，铁干繁枝，显示出无限生机。每到初夏时节，枝干上开满了形略似桃花的白花，千百苞连缀成朵，香气袭人，这就是为治故宫史者熟知的太平花，又名太平瑞圣花。此花大有来历。据亡友刘北汜先生选编的《琐记清宫》中《金阙珍闻》一文记载："相传此花，产于蜀地，于宋时始献至汴京。至何时移植大内，现在他地尚有无此种？则不可考。总之，此花为海内仅有之珍品，可断言也。"另一种说法是，此花是庚子年（1900年）慈禧太后命花匠栽种的。这位所谓的老佛爷，用意无非是乞灵于此花，保佑腐败透顶、危机四伏、"岌岌乎殆哉"的大清王朝天下太平。

　　宣统年间，隆裕太后还特地搬到绛雪轩闲住，希望太平花能给清王朝带来吉祥，改变世道不太平的形象。然而，具有讽刺意味的是，从慈禧太后到隆裕太后，太平花倒是年年盛开的，清王朝非但没有天下太平，却一步步走向灭亡。也正是这位隆裕太后，在1912年2月12日携四岁的小皇帝溥仪，下诏宣布退位，从此清王朝"呜呼哀哉，尚飨"。

这真是"隔花人近天涯远"，耐人寻味。事实上，在2000多年的封建社会，太平二字，总是俨然雾里看花；即使是承平时期，包括贞观之治、康雍乾盛世，天下何尝真正太平过？且不说小股的农民起义，始终没有断绝。用鲁迅的名言说，不过是"做稳了奴隶的时代"，或者用我东施效颦的文章《一碗粥装得下半部历史》中的话说，是"尚有一碗稀粥喝的时代"。而皇室公卿、藩王家族、八旗子弟、富商巨贾，则过着骄奢淫逸、脑满肠肥的生活。"黄金美酒万民血，玉盘佳肴百姓膏。烛泪落时民泪落，欢声到处哭声高！"这首古诗，堪称是上述太平盛世的真实写照。至今仍有人艳说"乾隆盛世"、"嘉道守文"云云，但生活在乾嘉年间的上海才子张南庄，却在其所著奇书《何典》中，辛辣地写道："自从盘古皇手里开天辟地以来，便分定了上中下三个太平世界。上界是玉皇大帝领着些天神天将，向那虚无缥缈之中，造下无数空中楼阁；中间便是今日大众所住的花花世界……奸诈盗伪……也说不尽许多；下界是阎罗王同着妖魔鬼怪所住。"从天上到人间到地下，太平世界也者，原来如此。更妙的是，此书序的作者，干脆化名"太平客人"。何谓"太平客人"？原来民间迷信习俗，人生病后解禳送鬼，叫做"用晦气"，代表鬼的纸人，就叫"太平客人"。这对乾嘉时期的所谓太平盛世，真乃莫大的讽刺。

当然，历代帝王甚至包括其中一脑袋糨糊、终日昏昏然者，无一不盼望太平盛世，也几乎无一不是以天下太平的缔造者自居，指望江山永固，金銮殿交椅不倒。故其御用工具包括朝报、臣工诗文等等，总是千方百计粉饰太平，口口声声河清海晏、物阜民康、路不拾遗、夜不闭户云云，用现代口语一言以蔽之，即永远形势大好。倘谁胆敢说真话，批评天下不太平，就让他"吃不了兜着走"。君不见《水浒传》里梁中书家的高级家奴谢都管，一听到杨志说"如今须不比太平时节"这句大实话，就勃然大怒，斥责杨志："你说这话该剜口割舌！今日天下怎地不太平？"如此上下欺瞒，陶醉在太平花的迷梦里，一直闹到四处造反，八方起火，河决鱼烂，"杀尽不平方太平"，封建统治集团才如梦方醒，但已经晚矣！

指望太平花来保佑天下太平，与"太平客人"一样，绝对靠不住。就此而论，应当说：别了，太平花！但是，穿过历史的隧道，消除笼罩在太平花上的封建迷雾，初夏时，我们在太平花前徜徉，看繁花千朵，闻扑鼻清香，仍然是一件赏心乐事。

雨欲退，云不放

"雨欲退，云不放"，是明清之际释澹归《满江红·大风泊黄巢矶下》中的名句。全词是：

激浪输风，偏绝分乘风破浪。滩声战冰霜竞冷，雷霆失壮。鹿角狼头休地险，龙蟠虎踞无天相。问何人唤汝作黄巢？真还谤。

雨欲退，云不放。海欲进，江不让。早堆块一笑，万机俱丧。老去已忘行止计，病来莫算安危账。是铁衣著尽著僧衣，堪相傍。

全词壮怀激烈，气魄雄浑，回首历史的无情、无奈，唯有仰天长叹而已。这是300多年前那一页兴亡史的写照，也是作者慷慨悲壮生涯的缩影。

黄巢矶，据《舆地纪胜》卷八十一《寿昌军》载："黄巢矶，现西与逻洲相接，世传黄巢置石于砦。"释澹归舟行至此，突遇大风，遂泊矶下，触景生情，乃有此篇。一位出家的和尚，怎会有此等襟怀？这只能从他的经历中去找答案。

释澹归俗姓金，名堡，字卫公，又字道隐。生于明万历四十二年（1614年），卒于清康熙十九年（1680年），浙江仁和（今杭州市）人，27岁时中进士，后出任临清知州，"摘发奸猾，安抚流离"，深受百姓拥戴。他在临清任上，最为百姓称道的是做了两件大事。其一是，临清的豪强大族，与响马、盗贼合流，聚众数万，金堡一身是胆，仅乘一顶小轿，与几个胥吏，"抵其垒，慷慨为陈大义，盗魁感泣"，金堡安慰再三，"解散归农"，使地方转危为安。其二是，崇祯十五年（1642年），拥兵自重、横行不法的明军刘泽清部驻临清时，"渔猎百姓"，金堡提出抗议，并针锋相对地逮捕刘泽清的前哨。刘泽清大怒，欲攻城，金堡毫不畏惧，尽散胥使，一人独坐公堂，刘泽清终不敢动。金堡后又单枪匹马赴僧舍，与刘泽清谈判，化解了这场危机。支持金堡的军民闻之"皆大欢呼，声震数十里"。但是，金堡也因此受到了上司巨大的压力，被迫辞职，"移疾归里"。临清民众"哀号送之，数百里不绝"。

不久，李自成进京，明朝灭亡。清兵入关后，明代的一些宗室逃到南方，建立起了小朝廷抗清，史称南明。金堡先在家乡参加抗清活动，后又投奔绍兴的鲁王政权，见不成气候，便参加福建的隆武政权，却遭到兵权在握，并不想抗清的郑芝龙的排挤、迫害，他的抗清主张化为泡影。隆武小朝廷垮台后，他又辗转至桂林，参加永历政权的抗清复明大业。但是，永历政权与弘光、隆武等南明小朝廷一样，走到哪儿，便将亡明政权的腐败、内讧带到哪儿，在一方残山剩水间争权夺利、残民以逞。近代词曲泰斗吴梅曾作《仙吕桂枝香·过明故宫》谓："南都经始，北兵飞至。问当初祝发皇孙，有多少传闻遗事？更弘光半年，更弘光半年。春灯燕子，金盆狗矢，不多时，野草迷丹阙，秋槐发别枝。""江山如纸，宫门如市，小朝廷病入膏肓，经不起群雌狂噬……"这是弘光政权的缩影，其实，又何尝不是永历政权的写照？

吴党、楚党，势如水火。金堡厕身楚党，越陷越深。他又反对与大顺、大西农民军联合，反对孙可望封秦王，成了无谓的出头椽子。因此，尽管他一心抗清，企图挽狂澜于既倒，却被捕，遭到锦衣卫的严刑拷打，后虽经瞿式耜连上七疏营救，保住性命，却成了残废。桂林失陷，瞿式耜牺牲后，金堡深感南明抗清运动已是"流水落花春去也"，明朝的天已塌，再无回天之力，便绝意世事，削发为僧，"世所称澹归大师者是也"。

这里应当提及，唐末农民起义领袖黄巢，兵败后，自杀于泰山下的虎狼谷，但到了宋代，便有人编造故事，说他"遁免后祝发为浮屠"，还居然"有诗云：三十年前草上飞，铁衣著尽著僧衣。天津桥上无人问，独倚危阑看落晖。"（赵与时《宾退录》）这自然是无中生有。释澹归未必不知此诗之伪，他的"老去已忘行止计，病来莫算安危帐。是铁衣著尽著僧衣，堪相傍。"不过是借此诗句，抒发自己的无限感慨而已。"雨欲退，云不放。海欲进，江不让。"联系明清之际的兴亡史、释澹归曲折坎坷的人生，他此时此地吟哦《满江红》的心情，恐怕只有"隔江和泪听，满江长叹声"，或许能形容于万一了。望长空，看世事，什么时候才能雨欲退，云即放，海欲进，江就让呢？真乃惆怅何之！

史学家、思想家王夫之在《永历实录》卷二十一《金堡列传》结尾，高度评价"堡文笔宕远深诣，诗铦刻高举，独立古今间，成一家言"。读了这首《满江红》，可见王夫之对金堡的赞扬，决非虚誉。他的诗，编入《编行堂集》，凡四卷，文十二卷。据清人叶廷琯《鸥陂渔话》记载，乾隆四十年（1755年）因清官李璜告发，致使释澹归生前住的丹霞寺被焚，寺僧死者500余人，《编行堂集》和金堡的其他著作《岭海焚余》等，均被付之一炬。而此时距释澹归圆寂已整整95年。乾隆四十四年（1759年），乾隆帝谕令凡金堡诗文"概从芟节"，"以杜谬妄"，金堡著作亦顿成残废矣。"雨欲退，云不放。海欲进，江不让"，竟至于斯，呜呼！

闲章解读

闲章不知始于何时？未遑考证。等闲来无事时，再乱翻书，找蛛丝马迹。倘蒙博雅君子见教，则再好不过，省得我在书海里像虻虫似的瞎撞了。

据管窥所及，最风流倜傥的闲章，莫过于明朝苏州的大画家、诗人唐寅的"江南第一风流才子"章。他的绘画艺术，特别是人物画，栩栩如生，高超脱俗，是"吴门画派"的奠基人之一；他的诗，直抒胸臆，不矫揉造作，诗如其人；他浪漫、放荡，以致后人编出《唐伯虎点秋香》那样的传奇故事，在民间广为流传。显然，唐寅自称"江南第一风流才子"是当之无愧的。前辈风流，后人多半难以企及，倘硬要模仿，只能是东施效颦，徒增笑柄。我曾在一部清人文集上，见有"红袖添香夜读书"的闲章，又曾在建国前出版的一部闲书中，看到"江南第九才子"的押书章，比起唐寅来，只能说是小打小闹，甚至有点猥琐之感了。

当代有几位名人的闲章，给我留下深刻印象。

与方成先生（右）摄于深圳麒麟山庄疗养院。时在辛巳冬暮。

"四人帮"集团成员之一的康生，曾经有枚闲章，上刻四字：左比右好。不必因人废字，康生的书法是不错的，而且是左手握笔。但如果有人认为他的闲章，仅仅是表明左手写字比右手写得好，未免小看了此人。康生惯搞极"左"，在"十年动乱"中，他祸国殃民。应当说，"左比右好"这枚闲章，是其极"左"嘴脸的自我暴露。

方成画鲁智深及著者题识

于光远在"文革"中受迫害，被打成"三反分子"，平反后，又有人说他"离经叛道"。他刻了一枚闲章，印文长达11个字：死不改悔的马克思主义者。我想，这是于老对两顶帽子的庄严回敬，正气凛然。

已故园林史专家、散文家陈从周教授，绍兴人。他常在其画作上，印上"我与阿Q同乡"的闲章，令人忍俊不禁。

香港有位著名历史学家，原籍贵州，他刻了一枚闲章"黔驴"。语曰："黔驴技穷。"他大概也是幽自己一默，在自嘲吧？

　　我的好友漫画家方成前辈，祖籍广东中山市。他有一枚闲章"中山郎"，由于很容易使人想起中山狼的典故，阅之令人莞尔。其实，这是方老念念不忘故土，对中山始终怀着赤子之情的表现。他将自己珍藏的齐白石、傅抱石、关山月等画坛巨匠的原作几百幅，捐给中山市博物馆，便是对"中山郎"的最好解读。

　　闲章，当于不闲处细看之。

我意独怜才

1980年夏，我持明清史专家谢园桢前辈的亲笔介绍信，至常熟访书，在图书馆曾雍苏老先生陪同下，冒着炎炎烈日，去看钱牧斋墓。历经沧桑，墓上的建筑物已荡然无存，只剩下一个不大的长满杂草的土堆。坟前有石碑，书"东涧老人墓"，乃苏东坡字体。我蹲下仔细端详此碑，发现碑上似还有字，被埋入土中，遂用手刨去浮土，果然看到碑文左下侧镌有二方图章，文曰"世人皆曰杀"，"我意独怜才"。

熟悉唐诗的人都知道，这是"诗圣"杜甫怀念李白的《不见》诗中的名句，全诗是：

不见李生久，佯狂真可哀。
世人皆曰杀，我意独怜才。
敏捷诗千首，飘零酒一杯。
匡山读书处，头白好归来。

这"世人皆曰杀，我意独怜才"十个字，实在是可圈可点。回顾古往今来，有多少杰出才华的人，在受握有生杀予夺大权者蒙蔽下而高呼"皆曰杀"的"世人"的喧嚣声中，被砍头，甚至被凌迟。也许最典型的例子，就是明末抗清的袁崇焕，其被害后，京中百姓竟争啖其肉以泄愤，这是何等的悲哀！诚然，崇祯皇帝是中了敌方的反间计，铸成此遗恨千古的大错。但是，倘若他能有半点"我意独怜才"之心，想到袁崇焕一介书生，指挥明军，抗击关外强虏，屡获大捷，称得上是盖世奇才，又何能将袁崇焕那么快地处决，从而自毁长城？就此而论，韩信、岳飞、熊廷弼等一代名将，他们或被冤杀，或迫害致死，尽管历史背景不同、目的有别，但有一点是共同的：主谋者不仅把他们的赫赫战功一笔勾销，也将他们杰出的政治、军事才华，视为粪土，弃如敝屣，何尝有半点怜才之心？这是中国政治文化史上极其糟糕的坏传统，事实上，也是与我们民族历史上宽容待人、爱才如命的优良传统格格不入的。

就以钱牧斋来说吧。不错，他作为明朝的大臣（官至礼部尚书），在清兵下江南时，率领弘光小朝廷的官员向多铎投降，并派人四处张贴揭榜，号召百姓不要抵抗，免得化为齑粉云云，实在是大节有亏。在这个涉及气节的问题上，钱谦益自污人格。过去、现在却都有人为他翻案，我不敢苟同。倘若此案真的被翻掉，那么史可法、阎应元等殊死抗清的人物，以及浴血奋战在扬州、江阴、昆山、嘉定而慷慨赴死的抗清军民，岂不成了一文不值的牺牲品？这一页悲壮的历史，决不能轻易地翻过去。

但这并不意味着，由此而将钱牧斋从历史上一笔勾销。作为优秀的文学家、诗人、历史学家，事实上，他从来就没有从历史上消失过。翻开任何一部明清文学史，不可能不述及他的文学成就。包括笔者在内的明清史研究者，有谁没有读过他的名著《初学集》《有学集》《国初群雄事略》《列朝诗集》？还值得一提的是，降清后，他很快就辞去新朝的礼部右侍郎官职，返归林泉，读书著述不辍，与柳如是形影不离，优游岁月。更值得称道的是，据传抄本及"国学基本丛书"本清初陆陇其《三鱼堂日记》载，顾炎武"尝通书于海使"——也就是与海上的抗清运动有往来（按：常熟古老传闻，钱牧斋、柳如是夫妇曾经支持、赞助过海上抗清活动，但尚缺乏确切的史料依据）——后被捕"下狱几死"，幸亏钱牧斋等极力营救，顾炎武才被释放，不久即远离江南是非之地，到北方去游览、考察、著书，终于成为清初开一代风气的思想家、学问家。凡此，人们岂能将钱牧斋一概抹杀？反而，这些该肯定的，都应当充分肯定。

在这一点上，清中叶的无锡学者钱泳堪称头脑清醒。就在乾隆皇帝大骂钱牧斋"丧心无耻"，查禁他的著作，江南文人也鄙夷他是"江浙五不肖"之首后，钱泳却毅然为亦已荒废的钱牧斋墓"集刻苏文忠书曰'东涧老人墓'五字，碣立于墓前"，"观者莫不笑之"（《履园丛话》卷二十四"东涧老人墓"条）。这就是本文前述我所见到的钱牧斋墓碑上的字。钱泳在这条笔记上，虽然未述及那两枚闲章所镌文字，但好在碑上所刻，安然无恙，"世人皆曰杀，我意独怜才"，乾隆、嘉庆年间视钱牧斋罪该万死、狗屎不如的高压氛围，及钱泳为牧斋书碑文的"我意"，尽在其中矣。当时，"观者莫不笑之"，无非是笑钱泳的不识时务，或者借用当代的话来说，即与被打倒批臭分子"划不清界限"。但历史证明，笑到最后的是钱泳，而不是那些"莫不笑之"者。

我曾出版了一本《交谊志》，书中有不少尽管政治立场不同，却继续与友人保持学术、文化的往来，因而照样保持友谊的种种历史事实。如顾炎武与在明朝任御史，降清后又任御史、布政使等高官，后来入《清史·贰臣传》的曹溶，就保持了20年的友谊。其中的根本原因，是曹溶善诗，精于文物、考古，与他交往，对自己学术、文化的建树有益无害，而丝毫无损于自己作为拒不出仕的明遗民的形象。一言以蔽之，还是"我意独怜才"。

一个民族的发展史，在相当程度上，就是人才的发展史。有很多人，据说没有大缺点，但都是庸碌之辈，毫无作为，早已沉入历史大潮的深处，无影无踪。而另一些人，有不少毛病——甚至如钱牧斋——曾经大节有亏，但他们却在某些方面，有杰出才华，做出过重要贡献，我们就应当实事求是地予以肯定。

蝈蝈声声秋梦回

　　茫茫六合之内，昆虫多矣。作为人类的小朋友，其中受到上至白发老儿，下至三尺童稚喜爱的，除了"蟋蟀瞿瞿叫，宣德皇帝要"的蟋蟀外，就要数蝈蝈了。蝈蝈又叫叫哥哥、青聒、聒聒、叫蚂蚱等，因地而异。乾隆皇帝曾写过咏蝈蝈诗二首，其一是："啾啾榛蝈抱烟鸣，亘野黄云入望平。雅似长安铜雀噪，一般农候报西风。"描述蝈蝈是秋虫，与秋日景象浑然一体。其二是："蛙生水族蝈生陆，振羽秋丛解促寒。蝈氏去蛙因错注，至今名家混秋官。"（《日下旧闻考》卷一五一）老爷子批评注《周礼》的书呆子，把蝈蝈说成是可以吃的蛙，水陆不分，真乃风马牛不相及也。不过，尽管乾隆皇帝一辈子都自我感觉极好，以"十全老人"自诩，又特爱写诗，但就美学价值而论，他老人家的诗句，实在不如蝈蝈声使人赏心悦目。上述咏蝈蝈诗，便是读来味同嚼蜡。

　　比较而言，清朝骚人墨客写的咏蝈蝈诗词，有味多了。

郭麟《咏蝈蝈·琐窗寒》词云："络纬啼残，凉秋已到，豆棚瓜架，声声慢诉，似诉夜来寒乍。挂筠笼晚风一丝，水天儿女同闲话。算未应，输与金盆蟋蟀，枕函清夜。窗罅下，见低亚，簸儿叶瓜华，露亭水榭。葫芦样小，若个探怀堪讶。笑虫虫自解呼名，物微不用添尔雅。便蛇医分与丹砂，总露蝉同哑。"（《四溟琐纪·续乐府补题》）"声声慢诉，似诉夜来寒乍"，此句甚隽永，读来颇感秋凉逼林梢，寒从脚下起。所谓"分与丹砂"云云，是指京中旧时养蝈蝈者，为使蝈蝈能越冬，战胜严寒，饲以丹砂，置于微型葫芦状器皿中，揣于怀内，连大内宫女亦如此。据传有位宫女晨起伺候慈禧太后洗漱时，忘记从怀中取出葫芦，蝈蝈竟纵情鸣叫起来，老佛爷闻之不禁莞尔。故清末夏仁虎有《养蝈蝈》宫词云："锦襦深处似春温，怀里金铃响得匀。争说曾逢西母笑，朝来跪进洗头盆。"（《清宫词选》）这也不失为蝈蝈家史中一段佳话。清中叶韩宝筌的《咏叫哥哥》则"别有一番滋味在心头"："少小怜为客，关山万里过。樊笼甘我素，口舌让人多。北望空回首，南音孰倚歌？世途行不得，何苦叫哥哥！"（《清嘉录》卷九）正是：世路崎岖多哀音，蝈声凄凉不堪听。

人工难及天籁，再好的诗词，比起童谣来，往往大为逊色。据清人《广天籁集》记载："一个姐妮三寸长，住在茄蔓底下乘风凉。长脚蚂蚁扛子去，笑杀亲夫哭杀娘。"此谣原有评曰："清江浦以北，夏月最多青虫，似蝗蝻而小，善鼓翼作声，名曰'叫蝈'……小儿讹呼曰'叫哥哥'，谓与络纬为夫妇，故又名络纬曰'纺织娘'。"在儿童的想象世界里，蝈蝈居然是络纬之夫，而且竟然见自家娘子被蚂蚁里的山大王抢去还要"笑杀"，如此看待蝈蝈，实在奇诡，出乎成人的想象之外。这首古老的天趣盎然的儿歌，一直唱到现代。史学大师顾颉刚编的《吴歌甲集》中，有首童谣与前者字句大同小异，题名《一个小娘三寸长》，可见这首童谣唱了几百年，仍然"涛声依旧"。

长期以来，蝈蝈所以受到文人的青睐，不仅在于它给寂寞的书斋带来大自然的神韵，更给他们带来童年的秋梦，感叹着风雨人生，古月今尘。晚明文学家袁宏道曾描写蝈蝈谓："余尝畜二笼，挂之檐间，露下凄声彻夜，酸楚异常，俗耳为之一清。少时读书社庄，晒发松林景象，如在眼前。"（《袁中郎先生全集》卷十六）诚哉斯言。不才自年过半百后，每年夏末秋初，便在寒斋挂上一笼蝈蝈。午夜梦回，蝈蝈仍不时叫着，徐徐疾疾，似唱如诉，唤回我多少童年旧梦！而40多年前，我与家兄春才在故乡如水的月光下，轻手轻脚，走向月季花丛逮蝈蝈的情景，仿佛就在眼前。蝈蝈声声秋梦回，失落的童梦，尤使人眷恋、感喟不已。

据明万历时李诩《戒庵老人漫笔》卷四、清初王应奎《柳南随笔》卷五以及前引《广天籁集》等书记载，至迟从明中叶起，蝈蝈便成了商品，价钱不一。这对蝈蝈来说，不知道是幸也不幸？去年初秋，我在市郊购蝈蝈一笼，人民币5角。今年初秋，则每笼涨价至1元。联想时下五音不全者亦能成为"歌星"，并身价百倍，对比之下，大自然的天才歌手蝈蝈，才升价一倍，又算得了什么呢？

草鞋话古今

今天的年轻一代，对于草鞋是越来越陌生了。塑料鞋、胶鞋的优越性，自然是草鞋所不能望其项背。然而，从遥远的古代起，草鞋便与人类的生活十分密切，是很多人——尤其是小民百姓的足底必备之物。唯其如此，在我国漫长的文化史上，就留下不少草鞋的足迹，比起所谓雪泥鸿爪、屐痕处处，更使人临风怀想，情思悠悠。

普通百姓的草鞋，多为稻草、蒲草制成，略为考究一些的，则用野麻织成。种类上大体有二：在家中穿的无后跟，类似今日拖鞋；外出穿的有后跟，类似今日夏天穿的塑料凉鞋。前一种又称靸鞵。现在的北方话中，形容二流子"趿拉着鞋"云云，就是说这种人穿鞋连鞋后跟也懒得拔一下，只是用脚后跟随意把鞋后跟踩下去，一边走一边让鞋发出滴滴答答的声音，显得流气十足，使人望而生厌。这当然是指"趿拉"的布鞋，而穿无后跟的草鞋，是没有多大响声的。

乡下的农民，差不多人人都会制作草鞋——通称打草鞋。一般都是"自产自销"，自家穿用。但也有少数人在耕作之余，打些草鞋，拿到集市上卖掉，挣一点零花钱。明清之际著名的绍兴作家王思任，曾作《陈老行》（《文饭小品》卷二），描述一位卖草鞋的陈老人：

> 旴江八岁见陈老，野妻挈渍身输草。
> 卖履归来日每斜，短壶小肉时称好。
> 野妻茹菜坐麇麇，笑谈只许邻儿知。
> 何曾饱后同一噫，猪首千秋起食谁？

看来，这位陈老人打草鞋的技艺一定不错，故销售情况良好，日影西斜时归来，"短壶小肉"，倒也悠游岁月，不失田家之乐。走笔至此，不禁想起儿时的庄邻甄老人。虽然其时辛亥革命已过30多年，但甄老的辫子仍不肯剪掉，只是稍加改良，盘在头上。他很穷苦，也就分外节省，从春到秋，每当月亮升起时，便在月光下打草鞋，常常背起几十双，到朦胧镇、高作镇上去卖。在我看来，他打的草鞋是很漂亮的，后跟还缠上红布条，与草鞋的本色——也就是稻草的颜色——黄、红相间，色彩对比鲜明。但是，他的草鞋，销售并不很好，那原因，据庄上的大人们说，甄老的草鞋，打得粗糙，穿了容易剋脚——也就是弄不好把脚磨出泡来。无怪乎我很少看到甄老的笑脸，更没有看到他享用过"短壶小肉"，显然，他比起明朝的同行陈老人，日子过得不逮远矣。甄老已谢世多年，今日偶一思及，40多年前他身背一大堆草鞋，在乡间小路上踽踽而行的身影，仍在我的眼前清晰地晃动着，抚今追昔，真是恍如隔世了。

就如同今天的皮鞋，虽是常见之物，但因用料不同，甚至在鞋尖嵌上珠宝，便价格昂贵一样，古代有的草鞋，也因用料特别考究，而成了"阳春白雪"，甚至进入"人间天上"的宫廷之内。据史料记载，秦始皇二年，用蒲制鞋，秦二世时，在这种蒲制草鞋前加上凤首，式样自然新颖。晋永嘉元年用黄草制鞋，"宫内妃御皆著"。梁天监中，武帝"易以丝，名解脱履"，至陈隋间，吴越风行一时。唐大历中，及建中元年，先后有人供奉五朵草履子、百合草履子（陶宗仪《南村辍耕录》卷十八）。这些特种草鞋，已是草鞋的异化，由田夫野老手中的稻草、蒲草之类的织品而演变成"人间富贵花"了。

但是，草鞋异化的典型，莫过于宋代草鞋神化的故事——草鞋大王事。南宋刘昌诗撰《芦蒲笔记》卷四载：

　　古老的蜀道上有百年古木，枝叶繁茂，树荫可庇一亩。故行人多憩其下，把穿烂了的草鞋脱下，换上新的。旅途寂寞，行人常常把烂草鞋挂于枝上为戏。久而久之，枝头竟挂满了千百双，成了蜀道上的奇观。某日，一位应试的士子经过这里，见四周无人，一时心血来潮，开个玩笑，便取出佩刀，削去树皮，书曰："草鞋大王，某年月日降。"待到他考试完毕，返途中，再经过这里，"则已立四柱小庙矣"。此公见了，忍俊不禁。而30年后，他再经过此地，"则祠宇壮丽"，庙的周围，已住上十几户人家，盛赞"草鞋大王"血食一方，异常灵验。

　　这是他做梦也想不到的。其实，跟"路是人走出来的"、"草鞋是人打出来的"道理一样，人间形形色色的神——包括"草鞋大王"这样的草头神——都是由人创造出来的。"草鞋大王"的故事，不失为草鞋史上独特的佳话。

　　今天虽然由于人们物质生活的丰裕，草鞋已日渐稀少，几乎绝迹，但是，它作为过往的历史见证，在今天的日常口语中，仍不时闪现其身影。如："草鞋没娘，越穿越长"，"依了草鞋，戳了脚"等等。或状物，或阐述哲理，都使人回味无穷。而"落个草鞋钱"云云，则不仅是"辛苦费"

之意，还包涵了佛教史、政治史的掌故：据《传灯录》载南泉愿曰：浆水钱且置，草鞋钱教谁还？夹山谓月轮曰：子且还老僧草鞋钱，然后老僧还子米价。而在元人杂剧中，我们可以看到公人出差时，索要草鞋钱。这是当时政府差役向老百姓需索百端的真实写照。此外，《挑灯集异》卷七，载有《题草鞋词》一首，读来饶有兴味：

少时青青老来黄，千枢万结得成双。
甫能打就同心结，又被旁人说短长。
云雨事来我承当，不曾移步到兰房。
有朝一日肝肠断，弃旧怜新撇路旁。

此词借物喻人，写不幸被情人抛弃的女子的悲哀，凄婉动人。妙的是以描摹草鞋来表达，形象逼真，真是难得。

区区草鞋，一双不值几文钱，但从文化、文化史的角度观察，它的内容却是颇为丰富多彩的。笔者少年时，也曾打过几双草鞋，可惜现在无用武之地了。呵呵，草鞋，草鞋，毕竟是"去年天气旧亭台"了！

送君一枝合欢花

暮春返故里扫墓。几十年的沧桑岁月，使儿时居住的常令我魂牵梦萦的村庄，彻底变了样。那高大的皂角树、挺拔的白果树、郑和下西洋时携归如今国内只剩下几棵的五谷树，已经无影无踪，似乎与先父母及亡妹的魂魄一样，永远归去无觅处，令我心中充满惆怅。但是，当我漫步在村庄的东头，眺望河对岸，顿时眼睛一亮：那棵儿时陪伴我赶牛车、读书的合欢树，居然还在，而且枝繁叶茂，春风吹来，婆娑起舞。

我清楚地记得，当年，这里有一个牛车篷，老水牛拉着水车，有时不分昼夜地转悠着，将水车到秧田里。放学后，我常常坐在牛车上，手捧一本书，慢慢读着。日暮时分，河对岸合欢树上开得正欢的粉红色的花，映入眼帘，像不落的晚霞，给我带来多少温馨！看着这棵如今已高达两丈的合欢树，真使我惊喜过望，它没有像白果树、五谷树、皂角树那样，遭到厄运，实在是个奇迹。

其实，茫茫霄壤，凡是能给人类带来吉祥、欢乐的动植物，往往在冥冥之中，自有众生护持。合欢树——特别是它的美丽的花，就是大自然专门为人们送来欢乐的使者。我国古代的先民，早已注意到了这一点。晋代崔豹的《古今注》即谓："欲蠲人之忿，则赠以青裳。"青裳与夜合、合昏、萌葛、乌赖树等一样，都是合欢的别名。意思是说：你想让谁消气，就送他一枝合欢花。梁昭明太子撰《文选》收录曹魏时的大名家嵇康先生的《养生论》，也说"合欢蠲忿，萱草忘忧"。看来，古人对此确有共识。

合欢何故能蠲忿？不外乎：其一，合欢可入药。据李

合欢花

时珍《本草纲目》卷三十五"木部"记载，合欢"安五脏，和心志，令人欢乐无忧。久服轻身明目，得所欲"。其二，合欢的名称特别好。一个欢字，令人解颐，再加上花色上白下红，散垂如丝，观之赏心悦目，颇可抚慰心灵。在我看来，合欢对人们心理上的宽慰作用，更大于它的药用价值。

读过《唐诗三百首》的人，都不会忘记杜甫的《佳人》，其中有两句诗谓："合昏尚知时，鸳鸯不独宿。"所谓"合昏知时"，是指合欢树的叶子，每到黄昏就合起来，非常准时，天亮后，在晨光微曦中，又重新舒展。合欢的这一特性，给人们带来色彩斑斓的联想，温情脉脉的祝福。《红楼梦》作者曹雪芹的祖父曹寅在《楝亭集》卷下有咏栀子花诗谓："本自扬州重，浓芬遍水涯。晚凉轻剪玉，心拟合欢花。"可见老先生对合欢花的神往。

而唐朝大诗人白居易更将深闺中寂寞的少妇见合欢花开，想起远戍边关的夫婿的无奈、惆怅，写得淋漓尽致：

倦倚绣床愁不动，缓垂绿带髻鬟低。
辽阳春尽无消息，夜合花前日又西。

据宋人赵与旹《娱书堂诗画》记载，有人曾按照这首诗的诗意，画成"倦绣图"，想来定是诗情画意交融的隽永之作。正是：常恨年年织女怨，人间谁不盼合欢？唯其如此，合欢成了夫妻恩爱的象征，甚至是洞房花烛的代名词。明清之际的大诗人钱牧斋就写过七律合欢诗四首，其中第三首是：

> 忘优别馆是侬家，乌傍牙墙路不赊。
> 柳壁浓于九华殿，莺声娇傍七香车。
> 朱颜的的明朝日，锦障重重暗晚霞。
> 十丈芙蓉俱并蒂，为君开作合昏花。

显然，牧翁是深深陶醉在与夫人柳如是的甜蜜爱情中了。如果说，这首诗有几处用典，写得含蓄，是阳春白雪之作的话，那么在下里巴人的民歌中，唱到合欢，则直来直去，风风火火，明明白白。明代冯梦龙编的《山歌》中有首《夜合花》："约郎约到夜合开，蔫了夜合花弗见来。我只指望夜合花开夜夜合，啰道（按：吴语，哪里知道之意。）夜合花开夜夜开。"这位失恋的可怜女子，只好眼巴巴地望着合欢花唉声叹气了。

宋代周叙在名著《洛阳花木记》中，详细地介绍了牡丹、芍药之后，将合欢花置于杂花之列。可见合欢本是多情种，不是人间富贵花。从清中叶顾禄《清嘉录》卷十二的记载看来，当时苏州的花店，有合欢花卖。环顾今日各地的花店，合欢花却没了踪影。

冯其庸《读金庸》诗有云："世路崎岖难走马，人情反复易亡羊。"在现实生活中，陷阱太多，恼人的事儿成堆，何以泄愤？请在庭前屋后，多植合欢，采上一枝，送人如何？不敢说这是积无量功德，此乃慰人亦聊自慰也，也许不值假道学家一哂，但区区愚忧，君子当能鉴之。

阿Q的先辈与后辈

　　作为鲁迅先生笔下的典型形象，赫赫有名的阿Q，不管人们喜欢还是不喜欢，应当说他活得挺滋润；家谱上名公辈出，后世绵延不绝。谁倘若因为他害过吴妈的单相思，就瞧不起他，甚至误以为他果如小尼姑所骂"断子绝孙"，那肯定是太不了解阿Q老爷子了！

　　阿Q先辈中名气最大的，当数北宋杰出词人，以堪称千古绝唱《望海潮》《雨霖铃》鸣于世的柳永。他原名三变，字耆卿。柳永少年时到汴京应试，由于擅长词曲，为歌妓填词作曲，声名远播，更自作词云："才子词人，自是白衣卿相。"有人曾向宋仁宗推荐他，仁宗显然早已接到过什么人打的小

瞿秋白画阿Q像

报告，冷笑一声，批了10个字的最高指示曰："此人风前月下，且去填词。"这对柳永无疑是个巨大打击。但是，他没有因此垮掉，倒反精神抖擞地自称"奉旨填词柳三变"，化失败为胜利，真乃妙不可言。

明初江南有个儒生叫孙潼，某日用黄帕包了一本书，直闯衙署，正在办公的巡抚周忱不禁一愣，问孙潼何事？孙潼自报家门后，说：我用楷书抄了一本千字文，务请巡抚大人帮我进呈朝廷，"乞公引拔"。周忱是个好官，便令驿站传送，但传到宫中，宣德皇帝看后，却下了一道圣旨："孙潼书法粗俗，令再习小楷。"这道圣旨对孙潼打击之重，可想而知。但孙潼却不以为然，照样为人写字，并反败为胜，把宣德爷的圣旨当做资本，凡为人写字，必定题上"钦命再习小楷孙潼"（明·都穆《都公谈纂》卷下）。这与柳永简直是一脉相承。正如俗语所说，不是一家人，不进一家门也。另一位江南文人吴英喜好大字，"往来徐武功之门，武功得罪，以党被逮，有司无以入其罪，坐流民，配之广西"。真是倒霉透了。但后来终于被赦回，也算不幸中之大幸。出人意料的是，吴英竟将发配广西视为无上光荣的政治资本，写大字时竟"自署纸尾曰：钦调广西人吴英"。（同上）如此行径，与柳永、孙潼又何其相似乃尔！

　　"土木堡之变"，英宗被瓦剌俘虏，这是明朝历史发展中的重大政治事件。对于明廷来说，是一次大失败，丢尽脸面。但在阿Q的先辈看来，这次事件，仍属胜利，因为据说发现了瓦剌部首领也先是汉族人的外甥。这位发明者不是别人，是从成化到嘉靖，曾在内阁诰敕房供事40余年，与其同事刘铉"并淹贯故实，时称二刘"（《明史》卷一六八）的长洲人刘棨。此人煞有介事地说：英宗被掳后，"也先之母告其子曰：吾苏州人，少随父戍边，被汝父虏回，与之生汝。吾念昔居中国，为今天子臣，臣无杀君之理。跪且泣以请，也先从之，英宗得还。"（明·皇甫禄《近峰记略》）你看，"眼睛一眨，老母鸡变鸭"——顷刻间也先成了中土的外甥，位居九五之尊的第一把手明英宗，理所当然地就成了外公！这不仅使人想起了20世纪30年代鲁迅针对民间流行的所谓"乾隆皇帝是海宁陈阁老（即大学士陈元龙）之子"的奇谈（按：当时冯柳堂还自费出版了《乾隆皇帝与海宁陈阁老》一书），讽刺道："这一个满洲'英明之主'，不费一矢，单靠生殖机关便革了命，真是绝顶便宜。"（《花边文学·准风月谈》）显然，关于也先之母、乾隆之父的呓语，都是精神胜利法孕育的怪胎。

　　明正德年间南京人陈镐，担任过布政使等职，并著有

· 144 ·

《金陵人物志》六卷，政绩、学问都还不错。但颇贪杯，其父担心他因嗜酒妨碍公务，特地写信，要他戒酒。父命难违，陈镐便拿出自己的俸金，令工匠特制一只大酒碗，能装二斤多酒，在碗内刻上八个大字："父命戒酒，止饮三杯。"此事被士林传为笑谈（明·冯梦龙

方成应邀为拙作《阿Q族谱考略》所作插图

《古今笑史·怪诞部第二》）。透过笑谈，我们可以清楚地看到，尽管陈镐照样豪饮，但在他看来，既在大酒碗内刻上家父戒酒之命，他已在精神上取得了戒酒的胜利，完全可以心安理得了。

　　古人如此，今人也绝没有例外。但"萧条异代不同时"，阿Q的精神胜利法，总要"与时俱进"，打上时代的烙印。在极"左"的年代，许多志士仁人及无辜百姓横遭迫害，度日如年，何以卒岁？不少人正是从阿Q那里汲取精神力量，支撑自己的。"文革"中，我曾被打进"牛棚"，备受凌辱。可

是，一位"棚友"竟还有雅兴作诗，其中两句是："莫道牛棚天地小，人生那得此清闲。"无怪乎诗人公刘在一篇文章中曾愤激语曰："中国人倘若没有一点阿Q精神，还能活下去吗？"甚至连已故小麦专家金善宝教授，在百岁诞辰时，中央电视台记者去采访他，询其长寿之道，老先生直言不讳，说："我崇拜阿Q！"显然，在噩梦一般的岁月里，透过阿Q精神庇护所的背后，是含泪的苦笑，打掉门牙和血吞的惨痛。今日每一思之，真让人怀疑当时到底是阳间还是阴间。

世象光怪陆离，比万花筒还万花筒，今天的阿Q继承人当然要比先辈们聪明、潇洒多了。如：某些作家在"文革"中灵魂生锈，但而今却摇身一变，以灵魂净化师自居，将自己置于想象中的文化、情操的顶峰，怡然陶然，似乎成了精神上的"东方不败"（金庸小说中人物）。如此等等。看来，阿Q即便不万岁，也是千岁了。这究竟是国人的幸还是不幸？

"头脑酒"与"头脑汤"

古典小说《水浒传》第五十一回"插翅虎枷打白秀英"中有一段故事：

雷横听了，又遇心闲，便和那李小二到勾栏里来看。……去青龙头上第一位坐人……那李小二，人丛中撇了雷横，自出外面赶碗头脑去了。

这里的"赶碗头脑"，未免使人有"丈二和尚——摸不着头脑"之感。其实，"头脑"在古典文学作品中是不少见的。元代无名氏的《包待制陈州粜米杂剧》中，小衙内云："俺两个在此接待老包，不知怎么，则是眼跳。才则喝了几碗投脑酒，压一压胆，慢慢地等他。"这里的"投脑"与"头脑"，是同音异字，一回事也。早在几十年前，"头脑酒"便引起学者们的浓厚兴趣。陆澹安（何心）先生在《水浒研究》中说："我从前以为此种酒早已失传了，最近接到读者郭本堂先生来信告诉我，原来山西太原市至今还有'头脑酒'。每逢冬令，各饭馆都有出售，把羊肉数块和藕根等放在大碗里，用黄酒掺入。吃的时候，配以类似面包的熟食品，当地叫做'帽盒子'。初次吃这种酒，很难下咽，习惯之后就喜欢了。"差不多同时，顾肇仓先生在《元人杂剧选》中给"投脑酒"注释曰："用肉豆脯报切如细麸，用极甜酒加葱椒煮食之。"但没有交代这种说法的文献依据。对比之上，陆、顾两位先生所述"头脑酒"的用料，显然有所不同。而且，这是否与元代、明代"头脑酒"相一致，还很难说。

从史料记载看来，陆澹安先生曾引明代天启年间朱国祯的《涌潼小品》卷下的记载，即："凡冬月客到，以肉及杂味置大碗，注热酒递客，名曰头脑酒，盖以避寒风也。考旧制，自冬至后至立春，殿前将军甲士皆赐头脑酒……景泰初年，以大官不充，罢之。而百官及民间用之不改。"陆先生并说："'头脑酒'见于昔人记载，我所知道的，只有这一则。"其实，昔人关于"头脑酒"的记载，还见诸明末徐复祚《花当阁丛谈》卷七、清初褚人获《坚瓠集》卷三等，但大同小异，基本上没有越出朱国祯所述范围。因此，严格说来，当时究竟用的什么肉、什么杂味、什么酒，还是个不很清楚的问题。

此外，这种酒为什么叫做"头脑酒"？仍使人费解。近读王仁兴先生的《中国饮食谈古》，引山西民间传说："在傅山（按：清初著名遗民、医生、思想家）的建议下，这家饭馆起字号为'清和元'，八珍汤则易名'头脑'。每逢傅山给体弱需要滋补的人看病，便告诉他们去'吃清和元的头脑'。显而易见，'吃清和元的头脑'这句听来极其普通的话语中，蕴含着吃清朝和元朝统治者的头脑之意。"这种说法，未免牵强附会。值得注意的是，在明代，"头脑酒"被江南人称做"遮头酒"（《花当阁丛谈》）。遮者，挡也，严冬季节，北京寒气逼人，而每当大风从北方漫卷而至，行人如不戴棉帽、皮帽之类，简直头疼欲裂；而"肉及杂味""注热酒"食下的结果，显然可以增加体内热量，特别是能够活血，这就起到了挡风驱寒，以免头痛的作用。可以说，"头脑酒"即保护头脑之酒也。试想，寒凝大地，当您端起热气腾腾的"头脑酒"，听着窗外北风的呼啸，甚至欣赏着"战罢玉龙三百万，败鳞残甲满天飞"的瑞雪，联想着元、明的故事，发一点思古幽情，肯定会其乐也融融的。

至于"头脑汤"，又究系何物？且让我们看一看《金瓶梅》第七十一回的一段描写：

西门庆梳洗毕……须臾拿上粥，围着火盆，四碟齐整小菜，四大碗熬烂下饭，吃了粥，又拿上一盏肉圆子，馄饨鸡蛋头脑汤。

看来，这"头脑汤"与"头脑酒"一样，名称奇突。据管窥所及，在历史文献中，有关"头脑汤"的记载，以清代嘉庆年间章杏云著《饮食辨录》卷二所述最为明确："馄饨：馄亦作馎，以小麦面和绿豆粉作薄皮包葱韭或肉瀹食，或不用包，切肉菜如糜，和绿豆粉为丸，入汤瀹之，其来亦古。唐宋时有肖家馄饨、庾家馄饨，每晨食之，谓之头脑汤，虽无甚益，然汤瀹则不热不滞，必无损也。"原来，"头脑汤"就是馄饨，早在唐宋时，就已经有了这样的名称，资格比"头脑酒"更老。

这里的"庾家馄饨"云云，可能是"庾家粽子"之误。唐人《酉阳杂俎》前集卷七记载："今衣冠家名食有肖家馄饨，漉去汤肥，可以瀹茗；庾家粽子，白莹如玉。"读此可知也。不过，区区馄饨，为什么又叫"头脑汤"？这仍然是个不解之谜。

此谜不妨暂且抛开一边，让包括笔者在内的在故纸堆里讨生活的人慢慢去仔细研究。这里，我想介绍一种明朝人的"馄饨方"：

白面一斤，盐三钱……频入水，拌和为饼剂。少顷，操百遍，摘为小块，擀开，菜豆粉为饽，四边要薄，入馅……用葱白，先以油炒熟，则不荤气。花椒、姜末、杏仁、砂仁酱调和所得，更宜笋菜炸过菜菔之类，或虾肉、蟹肉、藤花诸鱼肉尤妙。下锅煮时，先用汤搅动，置竹条在汤内，沸，频频洒水，令汤常如鱼津样，滚则不破，其皮坚而滑。（明·高濂《遵生八笺》卷十三）

建议有兴趣之美食家，不妨如法炮制，开一家"大明馄饨铺"，很可能会顾客盈门，交口赞誉，名震四方的。

养得雄鸡作凤看

人生百年，如在旅途，回首萍踪，曾记否？咿呀学语时，母亲教会的第一个游戏，也是第一支儿歌，即为："斗斗鸡，斗斗飞！"事实上，人类的童年，正是在鸡鸣声中，由野蛮而步入文明的。

考古学证明，鸡是人类最早驯化的野生动物之一。也许是人类与鸡太密切之故，直至今日，男孩出生后，父母必馈亲朋好友以红蛋，并昵称婴儿之男根曰"小鸡鸡"。稍长，父母即教导"闻鸡起舞"，背起书包上学堂，听老师教诲"风雨如晦，鸡鸣不已"，爱国爱家，毋忘中华。至于成家立业，为衣食奔波辛劳，也许这两句诗，即能概括万一："鸡声茅店月，人迹板桥霜。"

古往今来咏鸡之诗文多矣，有些作品，颇堪玩味。据宋人周遵道《豹隐纪谈》记载，彼时县尉下乡扰民，虽监司郡守不能禁止。有人仿效古风雅体作诗谓："《鸡鸣》，刺县尉下乡也。鸡鸣嘈嘈，鸭鸣呷呷，县尉下乡，有献则纳。鸡鸣于时，鸭鸣于地，县尉下乡，靡有孑遗。鸡既烹矣，鸭既羹矣，锣鼓鸣矣，县尉行矣。"旧时县尉、胥吏之流，多半贪酷如豺虎，下乡刮民，鸡飞狗跳，个中情形，此诗堪称缩影。

　　鸡乃报晓之物。犹忆儿时，正值抗战军兴，生活在穷乡僻壤，不知钟表为何物，村人皆随鸡声而起居、劳作，古代平民，更是可想而知了。因此，一旦家中公鸡被偷，自是焦急。但有一位例外，这就是生活在明朝成化至嘉靖初年的高邮作家王磐。他的《满庭芳·失鸡》，是中国文学史上的名篇："平生淡薄，鸡儿不见，童子休焦。家家都有闲锅灶，任意烹炮。煮汤的贴他三枚火烧，穿炒的助他一把胡椒，倒省了我开东道，免终朝报晓，直睡到日头高。"老先生的豁达幽默，令人忍俊不禁。比王磐稍晚些的吴康斋先生，家蓄一鸡司晨，为狐狸所啮，恨气难消，特地作诗一首，焚于土谷祠曰："吾家住在碧峦山，养得雄鸡作凤看。却被狐狸来啮去，恨无良犬可追还。甜株树下毛犹湿，苦竹丛头血未干。本欲将情陈上帝，题诗先告社公坛。"此诗的夫子气，未免使人哑然失笑。不过，平心而论，这与吴先生的经济状况有关。他"中岁家极贫"，却专意"圣学"，是有名的道学家，别无长技，故家徒四壁，无怪乎"养得雄鸡作凤看"了。而王磐夫子，虽同为"臭老九"，但家道殷实，"有楼三楹"，日与名流"谈咏其间"，家中失一鸡，自然是不值一提。可见措大是很难雅起来的，这与陶渊明若家中揭不开锅，是难以"采菊东篱下，悠然见南山"的道理一样。

人们对熟悉的动物，往往编造故事，传作美谈。据清初褚人获《坚瓠集·秘集》卷二引《桐下听然》载："陈方伯少子某，煮一鸡，将切啖之，忽从砧上引颈长鸣，其声清越。"这不禁使我想起美国有位滑稽演员，说他在北京吃烤鸭，正吃得津津有味，忽然看到有只烤鸭飞到窗外去了！看来，对于鸡鸭之类幽上一默，是古今中外人类的同好。

青灯有味忆儿时

辑三

老牛堂随笔

1. 隐身术

　　隐身术，通常被视为无稽之谈。但是，近年来有些被媒体热捧的气功师，声称有特异功能，能隐身，真个是神出鬼没。真实性姑且不论，以今视古，中国古代历史文献上关于隐身术亦有大量记载，聊举一例：唐朝有位著名的隐形人，叫罗公远。唐玄宗颇爱好隐身术，遂向罗公远认真求教。公远虽传，但始终留一手。玄宗与公远一起施展隐身术，则效果极佳，两人无影无踪，谁也看不出破绽；而玄宗一人独试，则不是露出衣带，就是露出头巾脚，在一旁观看的宫人，都知道玄宗所在。玄宗见自己隐身时老是露马脚，非常不快。他软硬兼施，一会儿说赏赐百万一会儿扬言处以极刑，但罗公远均不为所动，始终不肯尽传其术。玄宗大怒，"命力士裹以油幞，置于榨下压杀而埋弃之"。可是，没过多久，有个宦官从四川公干回京，在路上碰到公远，乘骡而行，笑着对宦官说："上之为戏，一何虐耶！"（宋·王谠《唐语林校证》卷五）显然，唐玄宗企图置罗公远于死地，公远却靠隐身术溜之乎也，恐怕连一根汗毛都没有伤着。

2. 题草鞋词

咏物诗词，喻以男女恋情，每有佳篇，读来真是赏心悦目。如流传颇广的《咏篱诗》："忆当初绿鬓婆娑，自归郎手，青少黄多，受尽许多折磨，历尽许多风波。莫提起，提起来，清泪滴江河。"又如明朝人编的《挑灯集异》，载有《题草鞋》词一首，也是情真意切，惟妙惟肖："少时青青老来黄，千枢万结得成双。甫能打就同心结，又被旁人说短长。云雨事来我承当，不曾移步到兰房。有朝一日肝肠断，弃旧怜新撇路旁。"

3. 再谈隐身术

隐身术者究竟是用何种绝招隐身？这是个充满神秘色彩的谜。明朝杨士聪的《玉芝堂谈荟》卷十三记载："千岁柏木，其下根如坐人，长七寸，刻之有血，以涂身，则隐形，欲见则拭之。"实际情况是否如此？不得而知，特抄录如上，供有兴趣者参考。

4. 赠尼嫁人诗

在古代，封建文人往往在尼姑身上做文章，其心态实不可取。明朝江西饶州有位女尼嫁与姓张的朋友，乡士戴宗吉写了一首诗，赠予该尼："短发蓬松绿未匀，袈裟脱却著红裙。于今嫁与张郎去，赢得僧敲月下门。"（明·蒋一葵《尧山堂外纪》卷九四）最后一句，含隐语，显属调侃。此尼读后有何感想？不得而知。类似隐语，在文学作品，尤为民间文学中每见之。有故事曰：某妓游古刹，见一僧敲钟，上前施礼道："师傅辛苦！"此僧素不正经，答道："辛苦啥？我是做一天和尚撞一天钟，不像姑娘那样，才真叫辛苦呐！"这位妓女颇聪敏，立刻反唇相讥："我不辛苦，不过是做一天钟，撞一天和尚罢了！"二人对话虽属无聊，但隐语所指，构成幽默，读来可发一噱。

5. 唐诗酒筹

古人聚饮时，风行酒筹。有些酒筹制作精美，图文并茂，所刊诗词，每有佳作。清朝的某些唐诗酒筹，堪称精品。如俞敦培《酒令丛钞》载：玉颜不及寒鸦色（面黑者饮）；人面不知何处去（须多者饮）；仙人掌上雨初晴（净手者饮）；掠面惊沙寒霎霎（喷嚏者饮）；世间怪事那有此（不惧内者饮）；世上而今半是君（惧内者饮）；莫道人间总不知（惧内不认者饮）。虽说这不过是游戏笔墨，但能如此贴切风趣，亦属难矣哉，最后三句，更是幽默之极，可浮一大白。

6. 无妻杀人当奈何

清代乾隆时，有个人叫何汉杰，是固始县人。此公不解刀笔，而自用其能，审囚断狱，另立标准，荒唐可笑。他在齐东一小郡主持政务时，常常放掉杀人犯，宣称："杀人者死，规矩也，可死而不死，巧也。"审问囚犯时，都要问犯人有无老婆，凡有老婆者，他皆曰可活。时人编了一则歌谣，道路相传："杀人多，恃家婆，无妻杀人当奈何！"（清·竹勿山石道人《蟫蛄杂记》卷十）显然，此人是个有病态心理、恣情枉法的典型。后被罢官归里，实在是太便宜他了。

7. 采生

古代有些奇风恶习，令人发指。明朝岳州的采生，尤其恶劣。此地凡是遇到"每年闰月，人五六成群，以长竹竿挑小筐篮，竿上有钩，用以钩人"。凡逢人，采只不采双，虽亲朋好友，也不放过；如和尚、妇女被钩住，更是必死无疑，因为"彼地人谓妇人、和尚利市十倍于男人也"（明·都穆《都公谈纂》卷下）。当然，也并非所有被钩者都甘心束手待毙，武艺高强者，也能杀出一条生路。某次，一个和尚在郊外行走，被六个采生者用竿钩一起钩住其衣，和尚感到危在旦夕，便毅然煞有介事地对采生者说，我死固然是在劫难逃，但身上的禅衣新受人赐，不欲灭其德，让我脱下再死，行不行？众人应允。不料这个和尚一身是胆，刚脱下僧服，便疾挥禅杖，击倒六人，统统捆起。六人苦苦求饶，共出银三百两，和尚才把他们放了，便抱头鼠窜。可惜这样鲁智深式的和尚太少，要不然，岳州的采生歪风，早就被禅杖打得烟消云散了！

8. 鼻风吹起浪千层

国人多数有喝粥的习惯。一般说来，粥宜稀不宜稠。但倘请客，粥稀得照见人影，就会贻人笑柄。明朝曾有人作"嘲薄粥诗"云："薄粥稀稀碗底沉，鼻风吹起浪千层；有时一粒浮汤面，野渡无人舟自横。"（清·褚人获《坚瓠集》丙集卷三）食肉亦然。清中叶江南青浦乡下有位开饭铺的大姐计馥，给旅客吃的肉，切得太薄，立刻有人编了山歌，传遍桑间陌上："计馥姐，薄切刀，切个肉来薄稀枭。树阴底下风寥寥，一吹吹到徐家桥。蝴蝶飞，纸钱飘，落在河里引鲦鲦。（按：即穿条鱼，又名白跳等，游动甚速。）连忙抽起竹竿捞，一阵油花不见了。"（《吴下谚联》卷三）词俚而带雅意，洵为佳作。这不仅使人想起一首古风："薄薄匕来如纸同，轻轻装来无二重，主人爱客兴正浓，玉箸挑开盆底松。松间忽然起秋风，飘飘吹入九霄中。疾忙使人追其踪，已过巫山十二峰。"真可谓古今风人，所见略同也。

　　当然，中国幅员辽阔，食俗差异很大，云南白族喜食生猪肉，切得愈薄愈好，吃时蘸调料。本人有位老同窗国先生，白族人，每言及此薄肉，即眉飞色舞，谓其味鲜美异常，并几次约我品尝，均被某谢绝。何故？窃以为生猪肉中常有寄生虫，不敢问津也。

9. 剥地皮

昔有一官甚贪，任满归家，见家属中多了一个老头，问他是何人？老头答道："我是某县土地公。"复问何故至此，老头说："那地方上地皮都被你剥将来，教我如何不随来！"（清·石成金《笑得好》二集）透过这则笑话，贪官嘴脸，原形毕露。昔人有咏回任官诗，亦颇生动辛辣："来如猎犬去如风，收搭州衙大半空。只有江山移不动，也将描入画图中。"

10. 凤阳花鼓词

"说凤阳，道凤阳，凤阳本是好地方。自从出了朱皇帝，十年倒有九年荒。"这首凤阳花鼓词，几乎尽人皆知。但最早从何时唱起？不知也。清代道光时甘熙的《白下琐言》卷八，记载曾在凤阳担任教谕的侯青甫之诗，谓："教官最好是苏扬，不选苏扬选凤阳；试听街头花鼓曲，十年倒有九年荒！"如此看来，至迟清中叶，人们已在凤阳花鼓词中，悲愤地诉说着凤阳的灾荒频仍，并指桑骂槐，借抨击先朝朱皇帝，来发泄对当朝皇帝的不满了。

11. 幽闭法惨无人道

古代男子宫刑、妇人幽闭，惨无人道，莫此为甚。但幽闭术究竟若何？至今仍若明若暗，谜团尚待揭开。近半个世纪前，有人在《古今月刊》上撰文，引明人《碣石丛谈》，谓幽闭术乃用木棒击妇人腹部，使子宫下垂户外，以废人道。后来学人论幽闭，大体无出其右。不才曾就此请教医生，答曰：从医学角度观之，此说不能成立。近日寒夜苦读，于明人王同轨《耳谈》卷十二中，见到如下记载："妇人幽闭，皆不知幽闭之义。今得之，乃是于牝去其筋，如制马、豕之类，使欲火消灭。国初常用此，而女往往多死，故不可行也。"呜呼，用阉动物之法，对付人类之另一半女性，实在残暴之极。"始作俑者，其无后乎！"

12. 吊海瑞诗

古今清官，如海瑞之清贫，恐亦寥寥。患病时，卧草荐上，无席无帐，以妇人裙蔽之（《五杂俎》卷十五）。卒于官舍后，他的同乡苏民怀检点其宦囊，竹笼中俸金八两，葛布一端，旧衣数件而已。王世贞曾以九字评之："不怕死，不爱钱,不立党。"(明·周晖《金陵琐事》卷一)即使今天,此九字亦堪作为政者座右铭。耐人寻味的是,亲眼目睹海瑞遗物,及士大夫凑钱为海瑞置殓具的苏州人朱良,唯恐后世人不信有此等事,特作吊海瑞诗以纪之谓:"披鳞直夺比干心,苦节还同孤竹清。龙隐海天云万里,鹤归华表月三更。萧条棺外无余物,冷落灵前有菜根。说与旁人浑不信,山人亲见泪如倾。"(《寄园寄所寄》卷二引《座右编》)真乃史实昭昭,信不诬也。

13. 迷药

迷药为害,可谓大矣。自古以来,黑社会拐卖人口——特别是妇女、儿童——的罪犯,更一直以迷药逞其凶顽。迷药有多种,如蒙汗药,即其中一种。又如"抹脸儿法",曾见明代史乘提及,但不得其详。近日终于看到有关记载,心中疑团,涣然冰释。《耳谈》卷十三载谓:"重庆涪州诸处妖人王大虎、二虎、三虎等行抹脸儿法,其法先于家中凿地窖,用乌头、花椒、南星、半夏、海芋、砒霜等数十味制造迷药,遇逢男女,先念一咒……咒毕,将迷药顺脸一抹,其人觉后有虎,左右背水,唯前有路,不得不往。引纳窖内二三日，用泥浆水、甘草汤改解，转递各处……货卖……不下千人，但违拗啼哭，即投江中。"由是我们得知另一种迷药的药物构成，及使用此药的鬼蜮伎俩。今日黑道中所用迷药，较诸数百年前，当然更先进、厉害，吾人当深戒之！

14. 韩雍、夏埙酒令

古代酒令，异彩纷呈。明代都御史韩雍与夏埙的酒令，即很精彩。某日二公饮，韩先提出一字内有大人、小人，复以谚语二句证之，遂曰："伞字有五人，下列众小人，上侍一大人，所谓'有福之人人服事，无福之人服事人'。"夏接着便说："爽字有五人，旁列众小人，中藏一大人。所谓'人前莫说人长短，始信人中更有人'。"（清·赵吉士《寄园寄所寄》卷十二引《畜德录》）这两首酒令的贴切，实属罕见，令人击节。

15. 戏题千眼观音

残疾人较健康人，行动上有诸多不便，社会大众，应多多关怀。但残疾人自身，切勿有自卑心理，当自强不息。明代昆山"张副使节之眇一目，尝游虎丘寺，见千眼观音像，戏题曰：'佛有千眼，光明皎皎，我有两目，一目已眇，多者太多，少者太少。'一时传为雅谑。"（明·戴冠《濯缨亭笔记》卷二）你瞧，这位张先生并不因自己不幸眇一目而产生心理障碍，照样很幽默。明人蒋一葵《尧山堂外记》卷八十五，亦载此事，大同小异："张筱庵眇一目，尝赞千眼观音云：'汝有千目，众皆了了，我有双目，一明一眇，多者忒多，少者忒少。'"

16. 康熙的亲民作风

康熙南巡时，不摆万岁爷的威风，体恤地方官及小民百姓，极为难得。在苏州，他不肯坐衙署正座，对有司长官说："若我南面坐了，你日后不便坐了。"地方演戏给他看，戏子觉得转场时难免要背对皇帝，未免不敬，颇感惶恐。康熙马上表态："竟照你民间做就是了。"

驾幸虎丘时，百姓潮水般涌来，争睹风采，地方官吏见不是事，赶忙拦阻。康熙见状，又立即传旨："传谕百姓，不论男女，尽他们看，不许拦赶，大小店肆仍旧开张，不许掩闭。"至七里山塘，人挤难行，河内船上也挤满人，纷纷跪下。康熙在马上传旨："百姓不要跪！"更难得的是，在虎丘山上，他听罢民间乐队演奏后，高兴地说：北方音乐，你们没有听过。遂令随行皇家乐工"打起十番"，并亲自打手鼓，后乃"连打数套，逐件弄过，直打至二更时方完"。这才是真正的与民同乐。

他在游玄墓时，还跟和尚开玩笑，问："你有老婆否？"和尚答道："和尚有两个老婆，一个姓汤（按：指'汤婆子'，用以暖被窝），一个姓竹（按：指'竹夫人'，用以去暑）。"康熙听了哈哈大笑，"赐白金二百两"。（清·姚廷遴《历年记》）

联想今日某些高官，口称民之公仆，却在视察时，事先清场，赶走百姓，只留下少数心腹，装潢门面，并三步一岗，五步一哨，如临大敌。试问亲民之意安在哉？比起康熙，能无愧乎？

17. 鱼骨桥

不才故乡的一条河上，有一座木桥，并无特色。但童年时闻老辈言：古代，此桥乃由一大鱼之骨，架河而成，故名鱼骨桥。其时，心甚异之。及长读史，始知此类桥古代非一处也。如明代万历时海门县社安乡，即有鱼骨桥一座，长一丈八尺（清·谈迁《枣林杂俎·智集》）。想来，当是鲨鱼、鲸鱼之骨。走在这样的桥上，联想茫茫大海，不亦快哉！

18. 唐伯虎的不平诗

明代大画家、才子唐伯虎曾作不平诗谓："骏马每驮痴汉走，巧妻常伴拙夫眠。世间多少不平事，不会作天莫作天。"明人谢肇淛对此诗很欣赏，谓："虽谑词，亦有激之言也。"（《五杂俎》卷十六）其实，若论"有激之言"，当以民间此语为甚："鲜花插在牛粪上。"民国初年，军阀横行，每见一脸横肉、腆着将军肚之镇守使、督军之流，拥妙龄女郎，招摇过市，使时人牛粪、鲜花之叹，不绝于口。幸岁月无情，当年插满鲜花之"牛粪"，而今安在哉？"只剩古月照今尘"！

19. 泥菩萨

古今咏泥菩萨的诗多矣。"五四"新文化运动期间出版的《新青年》八卷一期上，刊有署名"双明"的新诗《泥菩萨》，别具一格，读来极有味。不知"双明"是谁的笔名，钱杏邨先生曾怀疑是陈独秀，因为他曾用笔名"只眼"，又写过破坏偶像文。现抄录如下（为节省篇幅，不分行）："你那伟大的身躯，庄严的相貌，什么也轮不到你消耗。只可惜你满腔抱着的灵苗，反不如料草；料草落肥田，会变黄金似的稻，你偏偏朝也香花，晚也烛爆。渠们雕镂你粉饰你供养你的，也无非贪图一饱。但是你要知道，仰仗你的饱了几个，却饿了多少。从今后我愿你碎碎粉粉，回到陇上田间，作成些春华秋草！就算你眼前挨着人家笑，将来你也免得人家吊。泥菩萨啊！渠们替你做成的噩梦，你到几时醒了？"民谚有谓："死母猪越吹越壮，泥菩萨越涂越亮。"余有二愿焉：一愿形形色色的泥菩萨噩梦早醒；二愿世人对泥菩萨勿一涂再涂，尤其是对政治舞台上那些活的泥菩萨！

20. 春痕处处

寒冬过去，大地阳回，一年四季，唯春光最明媚。人们踏青寻芳，登山临水，不忍春归去；于是，在日常生活中，留下春痕处处。以明代为例，"桌曰春台，凳曰春凳。肴撰之具曰春盘，果菜之品曰春盛，又曰春福、春巢。酒曰春酒，饼曰春饼，茶曰春茗，菜曰春蔬，皆春时燕药之具，他时则无有也。"（明·徐咸《西园杂记》上）至于春联，贴得最多的，恐怕就是"向阳人家春常在"了。此风久盛不衰，传至今日，春之名物更多，洵为良风美俗。愿此风常存，葆我中华春常在。

21．打虎少年谱

本人曾在报上写过芜文《打虎英雄谱》，介绍几位古代打虎健儿英雄事迹。

常言道：自古英雄出少年。在古代打虎英雄的队伍中，有几位智勇双全的少年，更值得吾人自豪。即以清代而论，真可谓英雄辈出。康熙丁卯（1687年）以后，江南无锡山区，多有虎患。有司令猎户捕捉，无所获。过了五六年，猎户在石坞见虎卧草中，却不敢上前捕捉。巧的是有位叫沈二的少年，贩柴为业，正从这里走过，见状，立即操起一根竖木干，扑向前去，猛击虎首。虎大吼，跳起咬少年左臂，少年又以右手托虎腮，用膝盖猛击其咽喉，得脱出左臂。猎人趁势一拥而上，将虎击毙。剥虎皮时，发现脑骨已被少年击伤。若无沈二，此虎安能击毙？（清·黄印《锡金识小录》

卷十一）

清中叶，绍兴西乡有溪流，溪水很深。有个小孩子在溪边游戏，看到老虎来，就跳进水里，浮浮沉沉，一边游泳，一边观察老虎的动静。老虎蹲在岸上，"眈视良久，意甚躁急，涎流于吻。忽跃起扑儿，遂堕水中"，经过一番折腾，老虎数跳数堕，精疲力尽，遂被淹死。而此儿安然无恙。倘这小孩无此过人胆识，而是慌作一团，恐早已成为虎之果腹物矣。

老虎是食肉猛兽，但饿极了也以蔬菜充饥。陕西渭南县樗里有位少女与其嫂在楼上煨芋头吃，把芋皮抛出窗外。少女偶尔开窗，忽然看见有只老虎在窗下吃完芋皮，又抬头等着，嫂子很害怕，怕它跳上楼来，便尽量多煨芋皮，丢给虎吃。少女眼看芋皮快完了，就试着把整只芋头丢给老虎，老虎一口即吞下。见状，她顿生一计：将铁锤烧得通红，用芋头皮包着，丢给老虎，老虎以为仍是芋头，张嘴吞下，马上跳走了。过了两天，村边发现死虎一只，爪子抓裂前胸，骨头都露出来了，可见吃下这铁"芋头"，是多么痛苦！（清·袁枚《子不语》）如此聪敏、勇敢的小姑，真是巾帼英豪，让人钦敬不已。

22. 看家狗

在现代人的生活中，倘用看家狗三字形容某人，则不管此人是政治舞台上的人物，还是普通小民，肯定都非善类，故今人绝对不会以看家狗自居。古人则不同，对看家狗并不见外，甚至当仁不让者，大有人在。《北史·宋游道传》载，毕义云奏劾游道，游道处境危艰时，杨遵彦为他鸣不平，曰："譬之畜狗，本取其吠，今以数吠杀之，恐将来无复吠犬。"显然，杨遵彦对同僚宋游道，即以看家狗目之。

元代大臣彻理，更以看家狗自况，苦苦进谏。至元二十四年（1287年），尚书丞相桑哥专权擅政，虐焰薰天，贿赂公行，毫无顾忌。中书平章武宁正献王彻理向元世祖忽必烈进谏，力斥桑哥之罪。忽必烈大怒，说彻理诋毁大臣，下令左右开弓，猛打彻理的耳光。彻理为自己辩解说："臣思之熟矣，国家置臣子，犹人家养犬。譬有贼至而犬吠，主人初不见贼，乃箠犬，犬遂不吠，岂良犬哉！"（元·陶宗仪《南村辍耕录》卷二）彻理不仅以看家狗自居，且以优秀的看家狗为荣。

看来，民间对此也早已耳熟能详，故元人《包待制陈州粜米杂剧》中之包拯，说得更直白："老夫有件事向君王陈

奏，只说那权豪每是俺敌头……他便似打家的强贼，俺便似
看家的恶狗。他待要些钱和物，怎当的这狗儿紧追逐。只愿
俺今日死，明日亡，惯的他千自在，百自由。"封建社会
的君臣关系，本质上是主奴关系，故当时的大臣，其实皆皇
家奴才，职责与看家狗并无不同。今日政府官员，乃民之公
仆，与古代大臣，本质迥异。故看家狗一词，遂成贬义。这
就是所谓"前朝爱狗调，今人多不弹"也。

23. 赶秋坡·大布施

北京西南有名刹戒坛寺，寺下不远处有一群山环抱之盆
地，名秋坡。明代此寺香火极盛，每年四月八日至十五日，
四面八方的人流，涌向戒坛。使人惊异的是，四月十二日那
天，不仅无数和尚毕至，而在秋坡村，"倾国妓女竞往逐
焉，俗名赶秋坡。"（明·沈榜《宛署杂记》卷一七）妓女
"往逐"，自然是逐利，做她们的无本生意，顾客中亦包括
僧家。

数年前，笔者曾游戒坛寺，并小憩数日。入夜，万籁俱
寂，山风过处，松涛阵阵，送入耳鼓。据寺中文物管理者告
诉我，"赶秋坡"之俗，近代已废，她曾与秋坡村民闲聊，

得知戒坛寺和尚，过去亦颇沾风月，地藏菩萨殿，院墙甚高，曾藏过多名女菩萨，与花和尚们行乐云云。

而据明清之际的著名史家谈迁著《枣林杂俎》记载，与"赶秋坡"同时，西山八大处更让人瞠目：妓女、和尚成双结队钻入林间、草丛，天为罗帐地作床，成其好事，妓女分文不取，全心全意为出家人服务，名曰"大布施"。"世上没有无缘无故的爱"，想来，妓女们是想在世时拿出身上仅有的东西，供奉给人间活佛，指望将来死后，能在西方极乐世界真正的佛爷旁，拈花微笑，不再受皮肉之苦。真是用心良苦。

当然，明中叶后，民间风行和尚度佛种，"磨脐过气之法"（即元朝盛行的"大布施，以身布施之流世"）风行，看来秋坡村、八大处的把戏，是胡元遗风。

24. 嘲北地巷曲中人

我国南方、北方，大体以长江为界，因经济、历史传统等原因，文化差异不小，有时互相攻讦，形成南人、北人之争。一般而论，南人瞧不起北人，因习俗不同，甚至有不愿与北人通婚者。明代中叶金陵陈铎，曾作曲一首，嘲北地巷曲中人，可谓淋漓尽致："门前一阵骡车过，灰扬。哪里有踏花归去马蹄香？绵袄绵裙绵褙子，膨胀。哪里有佳人夜拭薄罗裳？生葱生蒜生韭菜，腌脏。哪里有夜深私语口脂香？开口便唱冤家的，歪腔。哪里有春风一曲杜韦娘？开筵空吃烧刀子（按：一种土制烧酒），难当。哪里有兰陵美酒郁金香？头上发髻高尺二，蛮娘。哪里有高髻云鬟宫样妆？行云行雨在何方？土炕。哪里有鸳鸯夜宿销金帐？五钱一两等头昂，便忘，哪里有嫁得刘郎胜阮郎？"

　　万历时蒋一葵著《长安客话》，录该曲书中，但批评"半亦近诬，不尽然也"。其实，陈铎描写的皆实情，何诬之有？这是因为：蒋一葵虽原籍武进，亦南人，但在北京任过西城指挥使，所著《长安客话》又系专述京师之书，倘载入陈铎嘲北人之曲，不表示自己之否定态度，则有可能被京中人群起而攻之也。南、北人至今文化上仍存隔膜，消除之道，在于互相尊重，借用时下口头禅言之，即"化解省籍纷争"。

25. 包公家训

　　包拯家训仅有37字："后世子孙仕宦，有犯脏滥者，不得放归本家；亡殁之后，不得葬于大茔之中。不从吾志，非

吾子孙。"（宋·吴曾《能改斋漫录》卷十四）并让其子包
珙刊石，竖于堂屋东壁，以昭后世。这寥寥37字，凝聚着包
公的一身正气，两袖清风，虽千载之下，亦足为世人风范。

26. 老景

明代大画家沈石田有《老景》诗："今日残花昨日开，
为思年少坐成呆。一头白发催将去，方两黄金买不回。有药
驻颜都是妄，无绳系日重堪哀。此情莫与尔曹说，直待尔曹
自老来。"时人评曰："格律虽卑弱，然摹写衰老之景，人
不能道也。"（明·姜南《半村野人闲谈》）此评不错。老
者细读此诗，自能悟出其中道理。

27. 满江红·钟馗送妹

钟馗嫁妹，由民间故事而登舞台，鬼情胜过人情。河北
梆子名伶裴艳玲女士所演之钟馗，更是唱做俱佳，真个是：
一曲鬼雄高天下，顿教须眉尽汗颜。古人咏钟馗诗不少，但
咏钟馗词则少见。

近读清末吴郡王韬《眉珠盦词》，内有《满江红·钟馗送

妹》，悲壮苍凉，兄妹情深似海，值得一读。现抄录如下：

野旷天低，指远道，竟从此去。最无奈、生离死别，英雄儿女。雄剑一双光欲闪，蛮靴三寸娇难举。算人生、骨肉尽堪悲，愁如许。

岂不愿，常团聚。岂不愿，同依住。奈独处无郎，吹箫寡侣。千里终须分手日，一时难竟伤心语。试回头、啼眼望终南，云深处。

28. 艳诗谜儿

艳诗谜儿，贵在含而不露，雅俗共赏。如"佳人佯醉索人扶，露出胸前白玉肤。走入帐中寻不见，任他风水满江湖。"谜底是四人名：贾岛、李白、罗隐，潘阆（明·顾元庆《檐曝偶谈》）。明代民歌中，亦有类似作品，虽属"下里巴人"，但生动、形象，非一般骚人墨客之作所能企及。如"两块儿合成了一块，亏杀那铁桩儿拴住了中垓。两下里战不休，全没胜败。一个在上头，不住将身摆，一个在下头，对定了不肯开。正是上边的费尽了精神也，下边的忒自在。"（冯梦龙《挂枝儿·咏部八卷》）谜底是什么？磨子也，真乃活灵活现。

29. 袁凯装疯

袁凯，字景文，别号海叟，松江人，是明初的著名诗人。诗宗杜甫，每有佳作。如《客中除夕》："今夕为何夕，他乡说故乡。看人儿女大，为客岁年长。戎马无休歇，关山正渺茫。一杯柏叶酒，未敌泪千行。"又如《京师得家书》："江水三千里，家书十五行。行行无别语，只道早还乡。"皆列上乘。也许是诗人憎命达，他在担任御史时，得罪了朱元璋。事情其实很简单：朱元璋欲杀某人，皇太子出来苦苦求情，元璋问袁凯意见，袁说："陛下刑之者法之正，东朝释之者心之慈。"元璋大怒，说他是"持两端"，也就是搞折中主义，投入狱中。

袁绝食三日，后虽释放，却被朱元璋视为"东海大鳗鲡"，也就是今日所谓"老滑头"，不时遭其侮谩。袁凯深知长此以往，难免不测，遂处心积虑归隐。他先装中风，朱元璋见状，说中风的人都麻木不仁，"命以锥锥之，凯忍死不为动"，朱元璋以为他真的病了，嫌其"蹋茸不才"，放归田里。

袁归隐后，为避祸，用铁索锁项，自毁形骸。后朱元璋派使者去看动静，名义上是起用他任松江儒学教授；袁凯睁大眼睛盯着使者，唱《月儿高》一曲，甚至在田野间爬行，吃猪、狗屎津津有味。使者向朱元璋禀报后，元璋以为袁凯已成废人，再不过问。其实，袁是"使家人以炒面搅砂糖从竹筒出之，状类猪犬下。"（明·陆深《金台纪闻》）显然，袁凯装疯，真是挖空心思。明初屡兴大狱，文武官员动辄罹祸，并株连九族，"伴君如伴虎"，莫此为甚。袁凯如此装疯，实在可怜。

30. 义娼高三

娼妓操皮肉生涯，认钱不认人，在青楼谈仁义，不是道学家，就是阿鬓。但古往今来，娼妓者众，个中亦有大忠大义、大仁大孝者在，明朝高三，即堪称其代表人物。

高三自幼美姿容，昌平侯杨俊一见倾心，遂成相好。后杨俊捍北边者数年，高三闭门谢客。天顺元年（1457年），英宗复辟，杨为奸臣石亨所忌，奏以英宗被瓦剌围困陷土木堡时，杨坐视不救，朝廷命斩于市。临刑之日，杨之亲朋故旧，没有一个人到场，只有高三穿着素服，哀痛欲绝，并大呼"天乎，奸臣不死而忠臣死乎！"（明·赵善政《宾退录》卷二）。候刑毕，高三"亲以舌吮其血，仍用丝连其首领，买棺殓之，遂缢而死"（明·王锜《寓圃杂记》卷七）。真是悲壮感人。

常言道："衣冠不任纲常事，付与齐民一担挑。"杨俊亲戚、部属中，衣冠大有人在，但比起高三，真该愧死矣。而纵观历史，每当国破家亡之际，士大夫往往变节无耻，连娼妓都不如。最典型的例子，莫过于"桃花扇底看南朝"，在明清易代之际，侯朝宗剃发易服，投降清朝，而其恋人、秦淮名妓李香君，据古老相传，却宁愿剃光头当尼姑，怀着亡国之痛，在青灯古佛旁寂寞而终。这是多么鲜明的对比！

31．明朝瑜伽大师

印度瑜伽术，风靡世界。明朝某些高僧，可以入定达数十天甚至上百天，若要使他醒来，需用小磬向其耳边轻轻击之；醒后，用人乳滴入口中，等到其肠胃重新恢复生机，再食汤、粥之类，如是他就不会死去。显然，远在明朝，中国佛教徒中即有瑜伽大师。

32．诗翻词

词源于诗。某些诗，毋用增减一字，只需重新断句，便成词。如杜牧的《清明》："清明时节雨纷纷，路上行人欲断魂。借问酒家何处有？牧童遥指杏花村。"有人将这首名诗改变标点，遂成词："清明时节雨，纷纷路上行人。欲断魂。借问酒家何处？有牧童遥指杏花村。"原诗情景、文采依然，但因变成长短句，富有音乐色彩的节奏，读来另有一番滋味。

古代诗人有时将五言或七言诗式的民歌，作为底本，进行再创作，翻成词，亦颇清新可读。如吴歌"月子弯弯照几州？几家欢乐几家愁？几家夫妇同罗帐？几家飘散在他州？"明朝诗人瞿宗吉翻以为词曰："帘卷水西楼，一曲新腔唱打油。宿雨眠云年少梦，休讴，且尽生前酒一瓯。明日又登舟，却指今宵是旧游。同是他乡沦落客，休愁，月子弯弯照几州？"（清·雷琳等撰《渔矶漫钞》卷八）此词一扫原歌的凄凉落寞，洋溢乐观精神。当然，若论真挚隽永，此词比原歌差远了。这首《月子弯弯》的吴歌，在宋人话本中已经出现，可见至迟在宋代已经流传，开头只有两句，后来慢慢发展到四句，千百年间，经过无数人的艺术加工才定型，这是任何诗人的创作难以企及的。

33. 放偷节

世界上最奇怪时节日，恐怕莫过于"放偷节"了。明代郎瑛《七修类稿·事物类》载谓："金与元国俗，正月十六日谓之'放偷'。是日各家皆严备，遇偷至，则笑而遣之；虽妻女车马宝货为人所窃，皆不加罪。闻今扬州尚然。"几百年过去，今日扬州当然已早无此风。当年金、元何以有此怪节？笔者曾请教治金、元史学者，答曰不知，真令我百思不得其解。

34. 不自由的驸马

每见戏曲舞台上，小生落难，历经风波，最后中了状元，并招为驸马，大红大紫，好不神气。其实，历史上的驸马，往往无异于皇家奴仆，绝没有舞台上的驸马那样自在，更没有那样高的文化水准。即以明朝而论，选驸马时，皆不用衣冠子弟，但以畿辅良家或武弁家择其俊秀者充任。与公主成婚后，虽居华第，锦衣玉食，与公侯等。但"出入有时，起居有节，动作食息，不得自由"（明·谢肇淛《五杂俎》卷十五）。不用说对待公主需小心翼翼，唯恐一旦得罪，这样的老婆告起御状来，谁吃得消？而且连随公主陪嫁，护驾而来的老保姆、太监之流，也开罪不起，只好赔笑脸，"俯首听节制，凡事务求其欢心，稍不如意，动生谗间"。如此着来，驸马不过是金丝笼中金丝鸟而已，实无艳说之必要。

35. 马屁诗

徐阶应制，作了一首诗，赋"嘉靖"二字："士本原来大丈夫，口称万岁与山呼。一横直过乾坤大，两竖斜飞社稷扶。加官加禄加爵位，立纲立纪立皇图。主人自有千秋福，月正当天照五湖。"此一诗将"嘉靖"二字，按笔画顺序一一加以赞颂，堪称是马屁拍到家。无怪乎嘉靖皇帝读后，龙颜大悦。应当说，徐阶真乃拍马天才，对"嘉靖"二字，如此丝丝入扣，堪称天衣无缝，这是普通马屁精望尘莫及的。

36. 判通与仲翁

明代苏州人有位通判，不学无术，不识翁仲（按：王侯和名臣宿将坟前的石人）为何物，倒过来呼为仲翁。有人写了一首打油诗，加以嘲笑："翁仲如何作仲翁？读书全未有夫工。想来难入翰林院，只好州苏作判通。"如此一颠倒，诙谐之极，令人叫绝。

37．媚鼠

鼠乃害虫，危害甚大。但旧时乡民不察，心存迷信，对鼠由畏而媚。崇明妇女见屋梁上鼠因打架或失足落地，大惊失色，认为必有灾祸将至。为求补解，不惜沿户乞讨白米，谓之百家米，回家用以煮饭，食下便可平安无事。虽富家妇女，亦必装成乞丐样向人乞米，可笑之极。更不可思议的是，"有时呼之曰'老鼠伯伯'以媚之"（胡朴安《中华全国风俗志》下编）。真让人笑掉大牙。

38．逃命之羊

不知何故，羊在人们心目中，几乎成为善良、可怜的化身。"可怜的羔羊"、"迷途的羔羊"云云，皆此之谓也。不过，放眼古往今来的羊群，也有聪明绝顶，临死都不迷途者。清末北京的果子巷有人以宰羊为业。某日，有一羊行将就缚，忽然逃去，走到保安寺著名文人《越缦堂日记》作者李慈铭府上门口，昂首直入，并穿过弯弯曲曲的走廊，直达内院上房。时李慈铭夫人与内眷正环坐闲话，这只羊却直接走到李夫人跟前，长跪不起，并作乞哀状。家人一再赶它走，羊却不为所动，而屠夫亦跟踵而至。李夫人大发慈悲，遂给屠夫一笔钱，买回此羊性命，将它养于寓中。原原本本记载此事的文人感慨地写道；"何斯羊之幸而免也，其亦有数存焉否？"（清·徐乃秋《风月谈余录》卷二）吁，不可知也。不才不会做诗，现生吞活剥郭沫若《猪颂》，试作《羊颂》如下："六合之内，有一羊羔。行将授首，逃之夭夭。贵妇相救，免遭屠刀。善哉此羊，智商甚高。群羊翘楚，独领风骚！"笔者希望将来选家编《猪狗颂》之类诗选时，拙诗亦能聊充狗尾巴附录，如是则幸甚。

39. 童谣

古今诗歌，若论真挚、奇诡，堪与童谣匹敌者几希。如北方流行的小儿求雨歌："青龙头，白龙尾，小儿求雨天欢喜。大雨落在稻田中，小雨落在花园里。"爱庄稼、惜花草之情，溢于言表。笔者童年乡居，每当正月十五夜，即与村间小伙伴各执火把，在田间奔跑，边跑边唱曰："炸麻虫，一炸一条龙。人家田里结芝麻，我家田里结西瓜。"您看，炸灭害虫，无论种芝麻还是种西瓜的田夫野老，均能收获，这种愿望是多么纯朴、美好。

而有些童谣，开头一句或几句似乎平常，但中间或结尾，常常冒出一句奇突的话来，宛如走在山中，突然杀出黑旋风李逵，或者夏夜纳凉，忽见流星从头顶长空掠过，使人惊诧不已。如至今还在江苏流行的一首童谣："一颗星，挂油瓶。油瓶漏，炒黑豆。黑豆香，卖生姜。生姜辣，垒宝塔。宝塔尖，戳破天。天哎天，地哎地。三拜城隍和土地，土地公公不吃荤，两个鸭子囫囵吞！"（清·郑旭旦《天籁集》）这最后一句，大奇，倘土地公公真的有灵，闻后岂不要气得两眼上翻，口吐白沫？

又如苏州的一首童谣："笑话笑话，两粒卵子堕拉灶下，老太婆看见当做枇杷，就望嘴里一拷。老头看见笑脱下巴！"（顾颉刚编《吴歌甲集》附王翼之编《吴歌乙集》）更是一通篇波谲云诡，出乎常人想象之外。

40. 妙联

李鸿章、翁同龢都是清末政坛上的重要人物。李氏安徽合肥人，曾连续任直隶总督兼北洋大臣20年，掌管清朝的外交、军事、经济，位极人臣。翁氏江苏常熟人，光绪帝师傅，历任尚书、军机大臣，支持维新运动。对他们的一生功过，自有史家评述。值得注意的是，当时民间曾流行一副对联："宰相合肥天下瘦，司农常熟世人荒。"这副对联堪称绝妙，深刻揭露了在清王朝腐朽统治下，全国危机四伏，民穷财尽。此联系笔者读初中一年级时，课堂上闻诸语文老师葛葵先生，亦不知载于何书。

41. 盗有道

"大盗亦有道"，您看了下述事例，即会感到此言非谬。

其一，据明人徐复祚《花当阁丛谈》卷七记载，有个叫邱老四的大盗，曾将他的强盗经写成专书，名《肤箧秘诀》，被当时的文人戏称为《暴客阴符经》。此老贼后居江阴，夜则聚伙行劫，昼则佯为双瞽，为人算命，人皆不识其真面目，竟安享天年，卒以寿考而终。可惜此书已佚，要不然可供巡警研究，以毒攻毒，识别盗贼惯伎。

其二，嘉兴人金晟，明代永乐年间，为刑部主事时，湖广有强盗若干人，械至部，经审问，其盗魁居然已经125岁，而面如童子。金晟不信，移文此魁家乡调查，答复是确实如此。问其长寿之道，他说小时居荆山中，曾有人草灸其脐，遂如此顽健。结果，朝廷以其老，命杖杀之，余皆伏诛（明·陆粲《庚巳编》卷九）。此老盗竟如此高寿，不禁使人想起民谚有云："好人不长久，坏人活千年。"可见老天爷恐怕有时也是睁一只眼，闭一只眼。

42. 人老何曾转少年

人生苦短，春光易逝。古往今来叹韶华之作，不知凡几。如唐崔惠童《宴城东庄》诗云："一月主人笑几回，相逢相值且衔杯。眼看春色如流水，今日花红昨日开。"（宋·吴曾《能改斋漫录》卷八）童年时，在盐城水乡看草台班子江淮戏《吴汉三杀妻》，其中女主角王莽之女王玉莲唱道："王玉莲，泪涟涟，手捧香烛进花园。早上看花花打朵，晚上看花花又鲜。花开花放花打朵，人老何曾转少年！"词句通俗形象，情真意切，故虽几十年过去，仍记忆犹新。

43. 奉勅陋

以貌取人，最不可取。有些人虽很丑，但如名艺人凌峰所言，"爹妈未经过我同意，就把我生成这样"，事出无奈，当事人自然无半点过错可言。但不幸的是，古往今来，总有一些人形而上学，歧视貌丑者，俨然是他们犯有大过，摒弃不用，以致埋没英才。北宋哲宗赵煦，尤为典型。当时有位袁应中先生，博学多才，但就因为长相太差，权贵们无人敢推荐他。直到绍圣年间，才由蔡元度引见，得廷对。不料还是因为"袁鸢肩，上短下陋，又广颡尖颔，面多黑子，望之如洒墨，声嘎而吴音。哲宗一见，连称大陋，袁错愕不得陈述而退，缙绅目为'奉勅陋'。"（宋·朱彧《萍洲可谈》）其实，无论是哲宗，还是这些缙绅，他们的心态都太丑陋了！

44. 咏虫

前人之咏虫诗，与其他咏物诗一样，或自箴，或讽世，弦外之音，每有不同凡响者。清末"涛头一线楼主"曾作小虫咏20首，其中，咏蚕曰："我腹抱经纶，为君披沥陈。鼎烹何足避，致命以存仁。"咏萤曰："萤火吐微焰，林塘逗夕凉。无惭君子德，暗室自呈光。"咏蜘蛛："小智何阴黠，微虫设网张。尔丝抽未尽，飞鸟啄其傍。"（《四溟琐纪》）均有深意，颇堪玩味。近代词曲大师吴梅作有《商调黄莺儿·题虫天图》，词谓："俗语破天荒：'鹭鸶壳做道场。'丹青妙手画出荒唐相：蝼蛄打梆，蜣螂点香，苍蝇说法更有青蛙唱。紧提防，戒坛高处，怒臂起螳螂。""低首拜虫天，挂长番香案前。把金铙法鼓开个虾蟆宴：蚊巢在那边，蜗居在这轩，原三千蝼蚁都见如来面。渺齐烟，蜉蝣天地，身世本堪怜。"（吴梅《霜厓曲录》）读此曲，如进童话世界，气象万千。如此清新之作，非吴老先生不能为也。

45. 合浦珠

珍珠，宝物也，古人更视合浦珠为至宝。但采珠之苦，实在出于常人想象之外。北宋权臣蔡京之子蔡絛著《铁围山丛谈》卷五载："凡采珠必蜑人，号曰蜑户，丁为蜑丁，亦王民尔。……以小绳系诸蜑腰，蜑乃闭气，随大絙直下数十百丈，舍絙而摸取珠母。曾未移时，然气已迫，则急撼小绳。绳动，舶人觉，乃绞取。人缘大絙上，出輒大叫，因倒死，久之始苏。下遇天大寒，既出而叫，必又急沃以苦酒可升许，饮之醋，于是七窍为出血，久复活。"其苦如此，良可浩叹。

46. 宋人嘲淡酒

我国酿酒、饮酒历史悠久，宋朝较诸前代，有过之无不及，仅从宋人朱翼中《北山酒经》所述看来，制酒工艺甚为考究，"香泉麹"、"香桂麹"、"瑶泉麹"、"金波麹"等，皆好酒。"瑶泉麹"中有名贵药材多种，包括人参一两，真是难得。

《水浒》描述景阳冈下之酒，虽村醪，但"三碗不过冈"，可见酒之醇厚。令人遗憾的是，奸商爱财，取之无道，竟有昧心者往酒中大量掺水，饮之如《水浒》名人花和尚鲁智深所云："口中淡出鸟来！"当时华亭（今上海松江）之酒质量尤次，臭名远扬。据南宋陈世崇《随隐漫录》卷二记载："云间（按：松江别称）酒淡，有人作《行香子》云：'浙右华亭，物价廉平，一道会买个三升。打开瓶后，滑辣光馨，教君霎时饮，霎时醉，霎时醒。听得渊明，说与刘伶：这一瓶约迭三斤，君还不信，把秤来称，有一斤酒，一斤水，一斤瓶。'呜呼，岂知太羹玄酒之真味哉！"这首无名氏的《行香子》，形容淡酒惟妙惟肖，读来忍俊不禁，可浮一大白。

附带说明，此条史料每见于明人记载，但均不注明出处，以至包括笔者在内，均误以为明朝事。不才在三民书局出版之《明朝酒文化》中，即曾以讹传讹，引以抨击明朝松江酒商，真乃冤哉枉也。明人好著书，但亦如"酒不醉人人自醉"，每昏昏然，抄袭前人，改头换面，稍不留心，即上其当。我治明史多年，仍难免失察，惶愧何以。

47．万花会

花会不知起于何时？有待深考。宋人编辑、托名苏轼撰的《仇池笔记》卷上"万花会"条载谓："扬州芍药为天下冠，蔡京为守，始作万花会，用花十余万枝，既困诸邑，吏缘为奸，予首罢之。万花本洛阳故事，亦为民害。"借花会扰民，自不可取。但万花盛开，万人空巷，争睹芳华，实在也是赏心悦目之乐事。

当年洛阳原本多花，从北宋周叙在原丰初年所撰《洛阳花木记》观之，洛阳群芳争艳，因其籽有麻醉性能、被绿林豪客制成蒙汗药害人的曼陀罗花，即有千叶曼陀罗花、层台曼陀罗花等三种，他花可想而知。而据时人李格非撰《洛阳名园记》记载，"洛中花甚多种，而独名牡丹曰花王"，可见"国色天香"之说，由来已久。有个"天王院花园子"，竟有"牡丹数十万本,凡城中赖花以生者,毕家于此。至花时,张帷幄,列市肆,管弦其中,城中士女绝烟火游之。"赏花盛况,可见一斑。

随着历史变迁,后世花会每与庙会、节日、贸易相结合。如上海龙华塔畔之桃花会,即与庙会同时进行。40多年前,笔者曾随如蚁人潮蜂拥而去,在花丛、庙内、市廛徜徉,流连忘返。民国十一年(1922年),词曲泰斗吴梅曾赴龙华观桃花,后作《北仙吕青歌儿》:"你试看塔影凌霄、凌霄直上,更车如流水、流水成行,真个是士女倾城举国狂。恰好十里春阳,一片韶光,花色清扬,花气芬芳……有多少田、窦擎箱,王、谢传觞?梦得诗章,崔护茶浆;新识萧娘,旧伴冬郎;人影衣香,淡抹浓妆;玉珥珠珰,霞佩霓裳;肴核羹汤,鼓板丝簧;济济跄跄,多少排场!畅道是紫陌红尘看花忙,描不尽繁华状。"(《霜厓曲录》卷一)读此曲,花会之热闹景象,可谓尽收眼底矣!

48. 药名岁交诗

古人咏除夕、元旦的诗,佳作甚多,而有位朱望子先生,在除夕夜见案有药具,触动灵感,用药名作岁交诗两首，别有一格，堪称诗坛独步。

《除夕》云："从容岁事已无忙，草果村肴设小堂。酣酌屠苏倾竹叶，煖煨榾柮带松香。插梅瓶映连翘影，剪烛灯明续断光。白附地砖书粉字，万年长积有余粮。"

《元旦》云："合欢门内各怡然，五味辛盘共庆年。把盏红椒浮绿酒，拥炉苍术起清烟。雪留砌畔天花积，冰结阶前地骨坚。祝愿儿曹添远志，白头翁更寿绵绵。"

信手拈来药名，写景、写情、抒怀，除夕、元旦，丝丝入扣，如此水乳交融，非高手不能为也。朱望子不知何许人也？此诗见于《坚瓠补集》卷二。

病榻漫言

小序

我生性散漫，懒惰之至；尤其对于病，能用几片药对付，度过难受——起码是不愉快的时刻，绝对不会到医院去；一去医院，挂号、就诊、取药者，虽说还没到人山人海的地步，但摩肩接踵，浊气弥漫，实在让人望而生畏。再则，我还有个劣根病：虽身无绝技，但自尊心倒挺强。有次至某医院看牙疾，花了半天时间，才轮到我被一位青年女医生"接见"，但一问一答，一共只说了三句，便将我打发走了。我在诚惶诚恐之余，匆匆窥视了这位崇高的救死扶伤的人道主义者一眼：那脸，似乎永远不会"阴转晴"。我的劣根病顿时发作了，心想：我大学毕业时，她可能还在跳橡皮筋；我现在也算戴上一顶纸糊的高级知识分子的高帽了，她大概不过是位实习医生。是的，我何尝不知道，我的这种想法，卑微的成分确实是太大了，但本性难移，此念驱之不去，望医门而却步，即使身体不适，也就一直凑合着过日子。可是，岁月催人老，最近半个月正事外又忙于杂事，终于感到心脏难受，支持不住，遂由儿子陪同，进了同仁医院急诊室，一查心电图，发觉图像奇特，大夫颇吃惊，也许是"奇货可居"，遂被急诊室转到冠心病监护室，终于无可奈何躺病榻，似曾相识旧病来，接受各种治疗。一般说来，这儿的医生、护士，都十分认真负责，经过四五天救护后，我被半"解放"，允许下地走动了，似乎又有了"神气活现"的希望。苦恼的是，终日除服药外，无所事事。尤其是夜晚，我是长期习惯夜读、笔耕的人，可这儿九点就得关灯。邻床一病友打呼噜声不仅如雷鸣，且极刺耳，其噪音大有"鬼怪式轰炸机"之势，我安能入睡？睡不着，往事如烟，纷至沓来，在脑际停留，不肯离去；有些事，也许在某些人看来，属于芥豆之列，不值一提，但依鄙见，未尝不值得拊掌而谈，甚至让人拍案称奇呢。

　　说是小序，似已有大序之嫌，就此拉倒吧。

魂兮归来

　　身在病榻，不仅想起31年前我第一次在大医院就诊的情景。我从十二三岁起，就患了鼻窦炎，到了17岁，已严重到几乎不可收拾的地步：左鼻孔里天天不时流出比臭鸡蛋还臭的脓，上课时注意力无法集中，以致数理化功课一塌糊涂。家兄王荫，好不容易攒下百多元，下决心给我治病。先去南京鼓楼医院，被拒之门外。于是，我怀着惴惴不安的心情，来到上海第一医学院附属眼耳鼻喉科医院求治。经门诊，大夫认为必须住院开刀。可是住院处说，床位都满了。主治大夫安慰我说：你从乡下来，不容易，我们一定设法让你住院。他走出去，在院内上下奔波了一阵，终于高兴地对我说：三天后，就有床位，你届时来住院好了。我如期住了院，动了手术，治好了多年宿疾，第二年，很顺利地考进了复旦大学。月圆月缺，潮起潮落，弹指间31年过去了，我虽然没有做出什么了不起的贡献，但用北京土话说，也还算"混出个人模狗样"。每念及此，我不能不思念当年给我治鼻窦炎的大夫、护士及挂号处、住院处的同志们。须知，当时我只是个身穿旧蓝布衣衫、脚踏旧布鞋、一身土气的穷中学生。假设使时光逆转，今天我能否顺利住进大医院呢？恐怕只有天知道。报纸上披露的某些医院歧视乡下人，甚至因交不起住院费而见死不救的恶劣事例，难道我们还见得少吗？

魂兮归来——50年代初期的人际关系，道德风貌！

当代桃花源中人

1967年夏天，我回到老家探望年迈的双亲。晚间纳凉时，大家闲聊。我大哥说：1963年，他在黄海之滨的射阳县一个工作队当指导员，到一个饲养场了解情况，与一位老饲养员聊天。这位老大爷竟郑重其事地问他："工作同志，合德（射阳县城）的日本鬼子走了没有啊？"闻者都捧腹，说：真是个老霉桩子！（土语，即不知时势的落伍者）从1945年到1963年，抗战胜利，法西斯魔鬼滚回他们的国土，已经18年，而这位老大爷竟一无所知。这岂不是一个桃花源式的人物吗？

笑定思哀。现代化不充分发展，自然经济不彻底冲破，活生生的桃花源中人，大概是永远不会绝种的。

人血馒头

读过鲁迅小说《药》的人，决不会忘记用人血馒头治病的悲剧。《药》是小说，人物、情节当然是虚构的。但在现实生活中，而且就在当代，却居然有用人血馒头治病的事实。我的故乡在建湖县高作乡，我的外婆就在离高作镇不远的大墩村。童年时，我经常去外婆家，常常看到住在外婆家河对岸的名叫孙三十的人，人们通常都叫他小名三十子。此人个子不高，面黄肌瘦，听说害了肺痨，却无钱医治。1950年镇反时，在高作南边枪毙了一名罪犯。孙三十闻讯后，特地到镇上买了馒头，沾上这名罪犯的血，拿回家去吃了。在场围观者，有的吓得瞪大眼睛，有的摇头叹息，但也有人啧啧称羡，夸奖三十子胆大，有种！有一次，老外婆跟我说起这件事，老人家长长地叹了一口气，连声说："罪过啊，罪过啊。"不用说，人血馒头绝对没有治好孙三十的病，后来他还是一命呜呼。令人感到悲凉的是，在离鲁迅写《药》的背景——辛亥革命——几十年后，活生生的华老栓式的人物，还在继续相信人血馒头的妙用。这是何等的不幸！

"大风吹得旗头转……"

1957年反右扩大化的严重后果，已为世人所共知。有多少善良、正直的知识分子被打下去，从此，被迫闭起嘴，搁下笔！亡友杨廷福教授（1983年夏病逝于上海）也是被这股龙卷风席卷而去的人，幸亏党的三中全会的东风，又把他吹了回来，重新在学术界露面，名噪一时。1980年，有次我们在中华书局聊天，他跟我说："在文化界、学术界，有多少'五七大军'啊！今后应当出版一本《五七登科录》。"有时提到某人，他常戏曰"我们是同科"，或者说"我们是同年"。在"五七大军"（这是"文革"时期的用语，指下"五七干校"者，此处借用）中，有相当一部分人，实在是天真烂漫、涉世未深的青年，以为领导号召鸣放，提意见，应当听从党的召唤，积极响应，于是鸣了，放了，等到右派帽子戴到自己头上，他还糊里糊涂地不知道是怎么回事。当时，我在复旦大学历史系上学，我们年级被打成右派者，多数即属于这样的人。看别的系，别的高校，情况也不会有大异。但是，在青年中，也有人政治嗅觉特别灵敏，当鸣放还未出现高潮时，就预感不妙，接下来准是整人。在复旦者教学大楼的1237大教室里，有位同学曾在课桌上写下这两行诗："大风吹得旗头转，当心闷棍背后藏！"校党委书记在全校动员继续鸣放的大会上，曾作为典型例子，说写这两句诗的同学，是不相信党云云。但是，却始终没有把这位同学查出来。岁月悠悠，多年过去了。经过了"十年浩劫"，我常常想起这位不知名的同窗。朋友，你在哪里？要是你能亲自来写这段掌故，用北京话来说，那才真叫棒！

"城隍庙"随笔

小序

我曾经居住在因外形酷肖而被人戏称为"土地庙"的斗室里生活、写作。后来，此屋因故拆除，在二号"土地庙"住了两年后，又迁到研究室居住。此处虽属危楼之列，但毕竟在楼上，朝南，称为"城隍庙"，实在是当之无愧了。近日东扯西拉地写了几则童年时的见闻，无以名之，遂题曰《"城隍庙"随笔》。是为小序。

"老摸爷"

我的童年有数年是在一个名叫蒋王庄的村子里度过的。在村庄的东面、北面，有一条小河静静地流过，真是名副其实的"流水绕孤村"。庄上没有一户地主，基本上全是缺衣短食的贫苦百姓。在炎热的夏天，大部分人都爱喝生水，人们的身上虱子与疥疮共处，成了"家常便饭"。每到春天，包括我在内的儿童们，都在帽舌或裉子上缝上一小块红布。老年人说，这是防"老摸爷"，而这个令人胆寒的"老摸爷"，是专门爱摸小孩，并且此摸非同小可，凡是被他摸过的儿童，就会立即跟着他去地下的万岁爷——阎王老子那儿去报到。我辈童稚，虽然知之甚少，但又有谁不知阎王爷的可怕呢？因此，即使这位阴间的第一把手，有巧克力、奶油蛋糕招待，也不会有任何一个孩子愿意跟"老摸爷"去逛地下十殿的。但是，难道那区区二三寸长的小红布，果真能起到震慑"老摸爷"的作用吗？否。至今我还记忆犹新的是，1942年的初夏，我的一位小伙伴——李成贯，发着高烧，说着胡话，在他母亲悲痛欲绝的哭声中，永远闭上了眼睛。这一年，成贯才6岁，他待在人间太短促了。大约过了两年后，比我稍大的小桂子——庄子西头蒋国清老爹的一位十分美丽、聪明的小女孩，也被"老摸爷"摸去了。从此，"老摸爷"在我的心目中，成了最恐怖的瘟神，一想到成贯与小桂子之死，便禁不住腹诽，暗暗骂他是"×养的"！

　　幸而，过了不太久，我终于从"老摸爷"的噩梦中醒来。新四军第三师的后方医院，搬到我们庄上来了，一位年轻的女医生，用硫黄治好了我的疥疮，并告诉我，世界上根本没有"老摸爷"，倒是有一种病：脑膜炎。她还告诉我，挂那块小红布，根本没有用，而且丑死了。如果得了脑膜炎，就要赶紧吃药、打针，肯定能救活。我非常崇拜这位大姐，顿时感到心中透亮。不过，几十年后的今天，我想起此事，反而有一点糊涂起来：敝庄人，从什么时候起，居然会把脑膜炎讹误成"老摸爷"，并制造了一个人格化的凶神呢？看来要弄清楚，是颇费稽考了。不过，由此我倒进一步悟出一条：在人间，不仅至高无上的神，是"愚民"创造的，连"老摸爷"之类的凶神恶煞，又何尝不是他们塑造的呢？

郑良京

这是一位普通的新四军战士的名字。但是，几十年来，我却常常想起他。儿时的许多事，随着岁月的流逝，都从记忆中消失了，这位战士的名字，我却永远铭记在心。

1941年。这年我虚龄才5岁。新四军的一个连队，住进我们的村庄。我很快便与他们交上了朋友。这儿，我不妨自吹自擂一下——别看我长着一副大众化的面孔，但儿时相当机灵；而且，那时的面孔，大概还称清秀；同时，现在我虽鄙视马屁精，崇尚刚正不阿，而童稚时期，则难免会要一点小滑头，也因此故在大人们的心目中，反而博得乖巧的美誉了。其中的一位战士，名叫郑良京，更对我喜欢异常。他大约是19岁，个子不算高，方方的面孔，肩膀很宽。每到他们开中饭时，他便喊我拿着一只小碗，站在饭桶边，然后对班长说："他们家还没烧饭呢，给他的小碗里也盛一点吧？"班长每次都说"好，好"，而他或别的战士，一得到这个最低指示，就马上给我装上满满一碗。我家很穷，通常一日三餐，吃的是麦片粥，而战士们的中饭，靠人民的支援，即使吃不到大米饭，麦片干饭是没有问题的。一小碗干饭，在今天，算得了什么？但在当时，对我来说，已属珍品了。我总是吃得很快，良京——当时我喊他郑大哥——总是笑着说："慢慢吃，不要呛了！"我跟他真是形影不离，连他们操练时，我也跟去，站在一边看着。晚上，他对我说："今晚你就跟我一起睡吧。"我欣然同意。不过，回去跟母亲一说，母亲立刻表示反对，说："你没看见？他一晚上就睡在一块门板上，那么窄，你睡不下的。再说天这么冷，他们的被子太单薄了，要冻坏的。"我吵吵嚷嚷，母亲坚决不同意。郑大哥来了，母亲又重述这些理由，并加上一条："他夜里要小便的，怎么办？"没想到，郑大哥憨厚地笑着说："大妈，不要紧的。一条扁担还能睡两个大人呢，何况他还这么小。他跟我睡一头，保证冻不着他。至于小便嘛，我替他拿尿壶好了。"母亲终于不好意思再拒绝，便笑着同意了。郑大哥高兴地一手抱起我，一手拎着尿壶，往他住宿的蒋大妈家走去。躺下后，他侧着身子，紧紧地抱着我，我顿时感到十分温暖，很快便沉醉在梦乡中了。

没想到，第二天下午，他们这支队伍就开拔了。临行前，他匆匆跑到我家里，向我母亲珍重道别，并抱起我，在自己的口袋里，掏出半小截红铅笔，送给我，说下次再来时，一定跟我一起玩。可是，这一走，我从此再也没有见到过他。郑大哥，你在哪里？也许，你早已为了祖国的解放事业，牺牲在沙场？也许，你现在已离休，在欢度晚年？……啊，"鱼水情"，永难忘！

翻身棍

我们家乡的"土改"，是1946年。这是翻天覆地的巨变，亘古所无——在中国历史上。我当时虽还小，但内心的喜悦，真是不可名状。我家上无片瓦，下无寸土，几亩薄田，两间草房，全是租来的。而在"土改"中，分到了地主的三间房、16亩稻麦两季田，从此结束了几乎年年搬家、衣食不周的贫困岁月。几千年来，喘息在封建制度枷锁下的贫苦农民，一旦得到了最基本的生产资料、生活资料，废除了地主阶级的剥削制度，他们确实感到了是大翻身！于是，欢庆分到土地的喜筵，叫"翻身酒"，新修的桥，叫"翻身桥"，而"穷大龙大翻身"，更成了人们天天挂在嘴边的话题。可以毫不夸张地说，这是中国历史上农民真正的盛大节日！

但是，由于"左"的政策的影响，农村中一些勇敢分子、二流子，也趁机一哄而起，手拿"翻身棍"，耀武扬威。所谓"翻身棍"，就是用桑树、榆树之类的木棍，糊上红、绿纸条。严重的是，他们用"翻身棍"对地主乱打、乱杀，造成完全没有必要的红色恐怖。这年的秋天，在西北厢的打谷场上，召开斗争地主及所谓"地主尾巴"的大会，我们小学的全体学生，也奉命参加了。一位孙姓60多岁的小地主，并无大的罪恶，被双手反剪，吊起来。开始是审问，他早已魂飞魄散，只能结结巴巴，不知所云。马上有人操起"翻身棍"，对他劈头盖脸，一阵痛打。只听见他喉间的痰呼呼作响，双目紧闭。打手见状，反而高叫："他是装死！"结果，又有几个人，包括无知的小学生，冲上去，一阵乱棍交加，此人立刻毙命。当时，人们似乎都疯了，又继续吊打另一位姓吕的地主，直至打死而后快。会散了，人们回过头来遥望着随便扔在田头的两具尸体，一些老年人、母亲们，禁不住摇头叹息。对那位吕姓地主，不少人寄予更多的同情，因为他为人不错。我的一位远亲，平素胆大，散会后，他特地又走回去，摸摸吕老人的鼻孔，看看是否还有气，能否救活？当然，他的善良的愿望，只能化为泡影。

非梦闲录

"十年浩劫"，如在梦中。但是在那神学泛滥成灾，"左"爷们横行天下时，发生的一起起冤案，一场场悲剧，一幕幕闹剧，一则则笑话却是活生生的事实，令人哭，令人笑，令人啼笑皆非，更令人沉思。今拾东鳞西爪，录于笔端，题名《非梦闲录》，绝非故作高雅，乃表明偷闲所述，盖当时实录也。

"爸爸，我们也去抄家吧！"

"文革"中，我在上海某高校教书，家住复旦大学教工宿舍。1966年秋，一日，我从市区归来，到托儿所接小儿阿轮回家，路经复旦操场，只见人山人海，口号阵阵。在"斗鬼台"上，跪着著名生物学家谈家桢教授的夫人、复旦大学家属委员会主任傅曼云先生。几个家庭妇女揪住她的头发，历数其"滔天罪行"。其中一人控诉傅先生动员她的儿子去新疆是政治迫害云云。究其实，青年去新疆屯垦戍边，本政府号召，与傅氏有何相干！还有一名女子别出心裁，竟将一桶墨汁倾于傅氏头上，顷刻，傅氏墨迹淋漓，顿显"黑帮本相"。幼子阿轮睹此，惊吓万状，紧紧抱我不放，瑟瑟地说："怕！怕！"事后不久，传来傅曼云"畏罪自杀"的消息。

此后即是抄家。我家住地终日抄声不绝。耳濡目染，小儿也渐从恐惧而习惯，并似领悟了"造反"的真谛。一天，阿轮忽然对我说："爸爸，我们也去抄家吧！"我始而惊愕，继之无言。"史无前例"的精神污染，倘在中国大地上无休止蔓延，将不知孳生出多少"狼崽"。呜呼！

"反对困马路，统统撕拉撕拉的！"

往事回首，记忆犹深的要算那标语、口号了。除了"最最"、"革命"的词藻外，令人莫名其妙的也着实不少。1968年2月，在嘉兴大街上，我看到一条标语，"反对困马路，统统撕拉撕拉的！"一打听才知晓：两派争斗，一派在权力机构前日夜静坐，另一派大不以为然，因出此语，以示警告。想不到武士道精神竟在"最最革命"的年代里复活光大，如今想来却也是绝妙的讽刺。"四人帮"实行法西斯专政，"统统撕拉撕拉的"确也是实话。斯时的中国真可谓有的是武士道精神的培养基因。

在衡阳火车站，我看见一条字有斗大的巨幅："见流氓阿飞就打，打死活该！"那理论似出自"好人打坏人"之说。然而广州的一标语却没有这样骄横，相反充满请示的口吻："报告黄司令员：我们的革委会至今成立不起来，你看怎么办？"署名是几个中学的教师。向黄永胜请示，竟然请示到大街上，这大概不失为非常时期的非常发明。我常想，如果有人把"文革"中街头标语搜集起来出一部书，倒也洋洋大观。

地下室的"革命行动"

1968年秋，我被"王宣队"（上海的工宣队系王洪文派遣，人称"王宣队"）关入一座装有铁门的地下室内，隔离审查反张春桥、徐景贤的活动。一夜，铁门打开，押进某高校一名青年。大约是触景生情，交谈起来，他告诉我：他所在的上海某学院，"清理阶级队伍"时，隔离室关了两位女教师，一老一少，青年教师容颜姣好。一日，看管隔离室的"红卫兵"某，闯进她们的住所，令老教师面壁而跪，背诵语录，自己竟朝青年教师掏出男根，口中振振有词："你要老实一点儿，如不老实，我就用这个对你'采取革命行动'！"

呜呼！这使我想起另外一件事。

复旦大学友人某曾讲，该校的一间隔离室中关着一位被打成"反动小爬虫"的外语系女学生，某红卫"狱卒"一夜兽欲发作，熄灭电灯，钻进女生蚊帐。不料，该生白天已被"牢头"临时绑往他室，代之的却是某师大一名年近花甲的女副教授。教授见来人强行非礼，一面抗议，一面实情相告："我已经是近六十的人了！"回答异常干脆："六十算什么？年纪大也要为革命做贡献嘛！"

哦，文化的"革命"！

小字报一瞥

"十年动乱"，不仅大字报铺天盖地，小字报——在一张小纸头上写上若干碎语，贴在大字报上——也是雪片满天。1967年夏，上海某学院的大字报上贴上了一张小字报："东风战斗队（指大字报作者）臭不可闻！死了喂狗，狗还嫌臭！快快去死，越快越好！"悲夫，一代大学生倾尽才华，如此而已。不久，在这张小字报上又贴了一张小字报，反唇相讥："就凭下面小字报骂人的水平，1967年诺贝尔文学奖拿定了！"这回敬虽非谩骂，却也同是一个无聊。

复旦大学成立"革委会"时，名单一公布，一位姓石的名下出现一张小字报："此人的祖父是大地主。"石某阅后，就此报头批曰："老子的祖父是太平天国英雄石达开！"也有人在一位王姓委员名字上面以小字报形式批注："据可靠材料，此人的祖父是大叛徒王明！"看，这就是"老子英雄儿好汉，老子反动儿混蛋"的时代！

然而，据我所知，奇特的小字报，大概还属上海某化工厂的那一张。大约1969年春，该厂因经常失窃，"革命群众"的署名者贴出标语："一定要把窃贼揪出来示众！"时隔不久，这条标语上竟出现一张小字报："妈的，老子偏要偷！"果然，"革命群众"大张旗鼓也没能将这个气焰嚣张的贼捉拿归案。此种闹剧，又不啻为鼠在猫前"跳加官"了！

本色文丛·散文随笔

（柳鸣九主编　海天出版社出版）

《往事新编》许渊冲 / 著

《信步闲庭》叶廷芳 / 著

《岁月几缕丝》刘再复 / 著

《子在川上》柳鸣九 / 著

《榆斋弦音》张玲 / 著

《飞光暗度》高莽 / 著

《奇异的音乐》屠岸 / 著

《长河流月去无声》蓝英年 / 著

《青灯有味忆儿时》王春瑜／著

《神圣的沉静》刘心武／著

《纸上风雅》李国文／著

《母亲的针线活》何西来／著

《坐看云起时》邵燕祥 / 著

《花之语》肖复兴 / 著

《花朝月夕》谢冕 / 著

《无用是本心》潘向黎 / 著

本色文丛

　　本色文丛是我社策划的系列图书，持续组稿编辑出版。丛书力图给喜欢品味散文随笔、全民阅读与图书文化、名人日记与学术札记、海外文化的人士，提供良书与逸品。

本色文丛·散文随笔（柳鸣九主编）

《往事新编》	许渊冲著	29.00元
《信步闲庭》	叶廷芳著	29.00元
《岁月几缕丝》	刘再复著	29.00元
《子在川上》	柳鸣九著	29.00元
《榆斋弦音》	张　玲著	29.00元
《飞光暗度》	高　莽著	29.00元
《奇异的音乐》	屠　岸著	29.00元
《长河流月去无声》	蓝英年著	29.00元

《青灯有味忆儿时》	王春瑜著	28.00元
《神圣的沉静》	刘心武著	30.00元
《纸上风雅》	李国文著	30.00元
《母亲的针线活》	何西来著	28.00元
《坐看云起时》	邵燕祥著	28.00元
《花之语》	肖复兴著	30.00元
《花朝月夕》	谢　冕著	28.00元
《无用是本心》	潘向黎著	28.00元

本色文丛·日记（于晓明主编）

《读博日记》	张洪兴著	31.00元
《问学日记》	王先霈著	26.00元
《文坛风云录》	胡世宗著	29.00元
《原本是书生》	于晓明著	32.00元
《紫骝斋日记》	马　斯著	31.00元
《梦里潮音》	鲁枢元著	31.00元
《行旅纪闻》	凌鼎年著	即将出版

《微阅读》　　　　　朱晓剑著　　　即将出版

《从神州到世界》　　张　炯著　　　即将出版

《丹青寄语》　　　　崔自默著　　　即将出版

《文坛边上》　　　　吴昕孺著　　　即将出版

《书事快心录》　　　自　牧著　　　即将出版

本色文丛·图书文化

《书香，也醉人》　　朱永新著　　　29.00元

《纸老，书未黄》　　徐　雁著　　　29.00元

《近楼，书更香》　　彭国梁著　　　29.00元

《书香，少年时》　　孙卫卫著　　　29.00元

《阅读，与经典同行》　王余光著　　29.00元

《淘书·品书》　　　侯　军著　　　32.00元

《西风·瘦马》　　　沈东子著　　　32.00元

《书人·书事》　　　姚峥华著　　　28.00元

《谈笑有鸿儒》　　　刘申宁著　　　即将出版

《闲人，书生活》　　胡野秋著　　　即将出版

本色文丛·海外文化